U0937626

风球

葛亮 著

SPM 南方传媒 | 花城出版社

中国·广州

图书在版编目（CIP）数据

风球 / 葛亮著. -- 广州 : 花城出版社，2024.5
（2024.7重印）
ISBN 978-7-5749-0252-7

Ⅰ. ①风… Ⅱ. ①葛… Ⅲ. ①短篇小说－小说集－中国－当代 Ⅳ. ①I247.7

中国国家版本馆CIP数据核字(2024)第088379号

出 版 人：张　懿
出版统筹：陈宾杰
责任编辑：许泽红　李　卉　许阳莎
特约编辑：黄　琰
营销统筹：杨淳子
技术编辑：凌春梅
责任校对：汤　迪
封面设计：董茹嘉　具伊宁

书　　名　风球
　　　　　FENGQIU
出版发行　花城出版社
　　　　　（广州市环市东路水荫路11号）
经　　销　全国新华书店
印　　刷　广州市岭美文化科技有限公司
　　　　　（广州市荔湾区花地大道南海南工商贸易区A幢）
开　　本　787毫米×1092毫米　32开
印　　张　8.875　2插页
字　　数　169,000字
版　　次　2024年5月第1版　2024年7月第2次印刷
定　　价　59.00元

如发现印装质量问题，请直接与印刷厂联系调换。
购书热线：020-37604658　37602954
花城出版社网站：http：//www.fcph.com.cn

这城市的繁华，转过身去，仍然有许多的故事，是在华服包裹之下的一些曲折和黯淡。当然也有许多的和暖，隐约其间，等待你去触摸。

——葛亮

自序

浣城记

若干年前，看韦伯的《猫》，颇为感叹。精美绝伦在其次，更吸引我的，是对人类法则的模拟与些许的抗拒。在城市的某一个角落，这些动物聚集与歌舞，并以一个独特的名字表达尊严。它们极度仰慕权威与守护，也在背叛与漫长的和解中经历成长。然而，当它们终于对这世界感到厌倦，一条云外之路（*heavy side layer*）将成为重生之始。这是人类望尘莫及的归宿。

我始终相信，我们的生活，在接受着某种谛视。来自日常的一双眼睛。一只猫或者一只鹦鹉，甚至是甲虫或是螃蟹。卡夫卡与舒尔茨让我们吓破了胆，同时感到绝望。我们不知道下一秒钟会变成什么模样，更糟糕的，是在活得最兴味盎然的时候分崩离析。城市人更是如此，诚惶诚恐，想象着自己站在过于密集的行动链条的末端，时刻等待着有一只蝴蝶，在遥远的大洋彼岸扇动翅膀。这就是我们被决定的命运。

在一次台风过境之后，终于提笔，写我生活的城市。这场台风以某种动物为名，因为其行动的迅捷，且路径奇诡。它为岛城带来了强风与丰沛的雨，也带来了不期而遇。

说起来，这城市并不缺乏相遇，大约由于地缘的汇集拥簇，或者源生流徙的传统，相遇而有了故事，有了关于时间的见证。见证别人，也见证自己。在每一个时代的关隘，彼此相照，不再恓恓惶惶。因此，历史的因缘，几乎成为人与城市遇见的轨迹。百来年前，有个叫作王韬的人，抱着避祸之心，来到了这个被他称为“蕞尔小岛”的地方。来了便不走了，做文章，办报纸。老了，终究要回去。在这城市留下的足迹，却带不走。人生的逸出，这便不是宿命，是奇遇。

又过了许多年，这城市被另一人写成了书。依然写相遇，遇的是时世的变迁，翻手为云，覆手为雨。这人叫作张爱玲。在港大读书时，听了一些往事，有关这位命运多舛的校友。身历艰辛的光景，留一点物欲的贪恋，聊作安慰。半个世纪前的无奈与苍凉，倏然定格于倾城，绵延至今。无从说起，“一些不相干的事”，命名为《传奇》。

传奇终有些英雄落寞，若诞生于日常，伤感也随之平朴。都是旧事，如今的传奇是个壳。这城市的底里，已传而不奇。一如它的华美，是给游客展示的专利。经历了世纪末的节点，岛上的新旧人事，众声喧哗。看似热闹了些，内里却其实有些黯淡。新的是时日，旧的是自己。做的，多是观望，带着夜行动物的表情，目以心静。

这书中写的，是在观望中触到的冷暖，一些来自经年余烬，一些是过客残留的体温。也有许多的怅然，只因物非人是。不期然间，这城市的轮廓在慢慢地改变，愈见狭长的港口，和蜿蜒无尽的海岸线。

距初版面世后十年，《浣熊》再版。出版人在地于岭南，建议更名为《风球》——风球悬起，故事中人亦卷入命运风眼。遂以此志之。

目录

浣熊

You were just another sideshow
in a back street carnival
I was walking the high wire
and trying not to fall
Just another way of getting through
anyone would do, but it was you
You were just another sideshow
and I was trying not to fall

——Allan Taylor *Color To the Moon*

一

她站在地铁站的出口，有些无措。

路人已经走得缺乏章法，有的终于奔跑起来。眼前一只麦当劳纸袋随风滚动，跟在行人身后亦步亦趋，最后在雨的击打下疲软，停在了街道尽头的斑马线上。雨似乎比刚才更大了一些。

她所在的地方，远远还眺得见时代广场的巨型荧屏。曾姓政府长官在接受采访，就奥运圣火遇袭的事情发表声明。镜头忽然一转，面目严正的女主播出现，荧幕左上角是个巨大的“T 3”。

> 热带风暴“浣熊”，带来恶劣天气，天文台发出今年首个红色暴雨警报。澳门下午挂出八号风球。港澳喷射船停航。预计“浣熊”下午在阳江附近登陆。傍晚集结在香港以西约150公里，预料将向东北移动，时速约18公里。进入广东内陆，天文台预测，间中仍有狂风雷暴。

她身旁的中年男人蹲下来，将一只帆布包搁在地上。包带上烫着殷红的三角，这是本港著名快递公司的标志。中年男人将制服上的扣子解开，汗馊味灼热地氤出来。她侧过身子，避了一避。听到男人小声地叹了一口气，说：黐线[①]天文台。澳门挂咗八号，唔使返工。我们就挂三号。同人不同命，扑街得喇。

这时候天上无端响过一声雷，雨如帷幕遮挡下来，铺天盖地。身旁的阿伯情绪失控，放大声量继续谩骂。她站在这幕后，心情却由焦躁突然安静。外面的世界，终于可以视而不见。

这是这份工作的第十五天，一无所获。她开始盘算月底如何利用五千五的底薪度日。想一想，又有些庆幸，终于没有淹没在大学毕业生的失业潮里。许是她做人的好处，永远有一道值得安慰的底线。这底线令她退守了二十三年。

所有的景物都渐渐模糊，成了流动的色块。只有一种风混着液体回旋的声响，她闭了眼睛，听这声音放大，再放大。

风突然间改了向，鼓荡了一下，灌进来。有人在慌乱间打开了雨伞，雨点溅到她的小腿上，一阵凉。她在失神间一个激灵，同时发现手里的传单掉落在地。一些在一瞬间被打得半湿。有一张，向地铁站的方向飘浮了一下，她去追。在快要捉

---

① 粤语，神经（骂人的话）。

住的时候，传单却给人仓促地踩上一脚。那脚怯怯地往后缩了一下。她捡起来，纸张滴着水，浓墨重彩成了肮脏的颜色。

对不起。她听到厚实的男人的声音，略略侧了一下脸，看到了一抹茂盛的黑色鬓角。

她没有说话，站起身，将这张传单扔进了近旁的垃圾桶里，然后慢慢向地铁出口的地方走回去。

她把手里的传单用纸巾使劲擦了擦，又重新整理了一下，取出塑胶封套裹上，码码紧，放回包里去。包被她捧在胸前，过于大。令她的身形，显得更小了些。

这时候，她看到一只手伸过来，手里捏着一张传单。

这张是干净的。

她听到了。然后看到刚才的黑色鬓角，停顿了一下，看清楚了一张脸。是一张黧黑的男人的脸。

这样肤色的脸在这城市里并不少见。这城市有很多东南亚裔的人——印度、斯里兰卡、巴基斯坦、菲律宾——他们早已与这里水乳交融，同声共气。

但这张脸有些不同。她回一回神，终于发觉原因，问题出在细节。

通常，拥有这样肤色的人，面目往往是热烈的。他们的深目高鼻，微突的颧骨和下颌，都在将这种热烈的表情变得更为具体。而这张脸，具备所有的这些特征，却都略略收敛了一些。感染力由此欠奉，并且和缓了下去。粗豪因而蜕变，走向了精致一路。

好在棱角留了下来。她心里想。

嗨，你还好吗？发现这张脸俯下来，有些忧心忡忡地看她。

她接过传单，顺便说了声：谢谢。

对方说“不客气”，用不太标准的广东话。

雨没有要停的迹象，甚至在已经暗淡的天色里面，有些变本加厉的意思。地铁站出口处的人，逐渐多了。大都是躲雨的，其实都知道等得有些无望。天文台虽然不太可信，但叫作“浣熊”的台风，来势汹汹，已没有人会怀疑。人们抱怨了一下，还是等，等着等着继续抱怨，却没有去意。人声开始嘈杂，在她耳里成为低频的嗡嘤。

她有些头痛，却不能走。地铁站的意义之于她，是工作的阵地。

她错过眼，去看地铁近旁的一棵木槿，在雨里十分招摇。这种植物，在南方花期极早，原本已经是一树锦簇。今年却在极盛时遭遇了台风，眼下挣扎得力不从心。终于，听见扑通一声，一大枝带叶齐茬折断了。

这一断，让她心里咯噔一下。有小孩子的声音欢呼起来。她低下头看看表，舒了口气。她想，可以收工了。

她拎起包，回转身。身边有个高大的身形，黧黑的脸庞。

她意识到，是刚才那个人。他脸上的表情，有些不耐，正在看一张传单，正是她掉落在地上的一张。她这才看清楚了他，这其实是个青年人。虽然她并不善于判断异族的年龄，但还是看得出他不会超过三十岁。或许因为肤色的暗沉，会遮蔽掉一些年轻。

这时候他抬起头，她对他笑了一下。他也笑一笑，露出洁白的牙齿，然后指着传单对她说：这上面写了什么，我看不懂中文字。

是一个招聘广告。她敷衍地说。这时候，她看见他的POLO衫领口里一闪。那是一根白金颈链。上面坠着一个A字，用了东欧的某种字体，笔画间浅浅的隔断。这是意大利的金属镶配名家Steve Kane的作品，坚强中有优柔的暗示，一以贯之的风格。她看出来，同时在心里苦笑了一下。她的专业知识终于派上了用场。世道好的话，原本她有机会成为珠宝鉴定师，或许另有建树。

这是一个刮目相看的开始。

她对他说：我们，在招聘一些人才。

她尽量让自己的语气镇静，波澜不兴。

他认真地又看了传单一眼，问道：是，什么样的人才？

她从包里取出一张名片，递给他。

他接过来，看上面的字：Vivian Chan，Material Life CO.,Ltd.

她微笑了一下，分寸拿捏得宜：可以这么说，我们是一间模特经纪公司。我是特派艺人联络专员。

他的眉毛动一动，眼里似乎泛过兴奋的光芒：这么说，你是一个星探。

我做这行也是刚刚起步。她谦虚地说，但我们公司以发掘具有明星潜质的年轻人为己任；已经有多年的经验。她指着传单上一张照片说，他的第一个电视广告，是由我们接洽的。

照片上，是个在近年风生水起的男明星。

他轻轻地“哦”了一声。

她端详了他几秒，口气更为诚恳，我不知道你如何看待自己?

他回望了她一眼，显见是茫然的，我?

嗯。其实我们每个人，都未必对自己有充分的认识。特别是自己的优势。你知道么?相较于本港青年，你有一种独特的气质。就是，国际化。你知道这一点很重要。因为我们旗下的艺人，通常只代言国际品牌。太亚洲的面孔，已经饱和了。中田英寿，富永爱……人们有新的期待，还有……审美疲劳。

我不知道你说的这两个人。他摸了一把自己的脸，又挠了挠头。

我只知道乔宝宝。他突如其来地说，同时笑了。这笑容十分松散，令他的表情变得玩世。

她在心里叹了一口气。乔宝宝是这城市里最红的印度裔明星，出生于本地，纯正的香港制造，以插科打诨著称。最近穿上红斗篷，打扮成超人，代言一款壮阳药。

你和他，风格是不一样的。她试图对他这样说。他的眼神开始游离。外面的雨，似乎小了一些。人们开始撑起伞，往外走。

她看出他对她突然间的健谈有些不适应。她意识到了这一点，心里迅速有了一个决定。

她说：这样，我们公司最近接到几个品牌委托。你的外形和一支运动品的广告很适合。当然，应征者竞争很激烈，因为酬劳丰厚。如果你方便，不妨约个时间来敝公司做个casting（试镜），打我的手提就好。

她指了指他手中的名片。他又看了一眼，说：陈小姐。

叫我Vivian。她给他一个最nice的笑容，然后说，再见。

她打开伞，不动声色地走出地铁口，快步地走。她让自己走得很快，没有回头。

回到家的时候，夜已经很深。

她住在这城市的边缘。天水围，有着城市没有的安静。

她站在窗台前，见远处有水的地方，一只鹳悠然地飞过去。那里是政府拨款兴建的湿地公园。

桌上搁着一煲汤，打开，是粉葛煮鸡脚。广东的女人，都会煲老火汤。母亲的创意，体现在笃信以形补形，说她在外面跑，要好脚力。

她饮了汤，冲了凉，出来的时候，听到隔壁房有粗鲁的男人声音在呵斥，是后父。或许又是因为弟弟不睡觉，半夜三更在打电动。

打开房门，这一间只有母亲细微的鼾声。她脱了鞋，轻手轻脚沿着碌架床的阶梯爬上去。床还是震动了一下。

返来了。汤饮咗未？是母亲的声音。

她轻轻“嗯”了一声。母亲翻了个身，又睡过去。

她缓慢地躺下来。慢是为怕天花撞了头。这是政府十五年前建的公屋，安置新移民。为要容纳更多的人，天花板一色都很矮，刚可摆下一张碌架床。

她睡这碌架床也有十几年了。开始是和弟弟睡，弟弟睡下层，她睡上层。姐弟两个的感情，也在这床上建立起来。小时候，弟弟胆细，夜里怕。她就搂着弟弟睡，哄他，给他讲古仔。人们都说，她好像弟弟的半个阿母。

后来，姐弟两个的话，渐渐少了，再后来，眼神都有些躲闪。有一天，她推开门，看见弟弟拿着她的胸罩端详，见她进来，飞快地丢掉了。

她和弟弟分开，是中五的时候。母亲在弟弟的枕头底下，发现了一本*Play Boy*。有一张被弟弟折了页，打开，是个半裸的亚裔女优，眉眼与她分外像。

母亲没声张，只是让弟弟搬去了大房间，和后父睡，自己睡到了碌架床上。

小时候，母亲问她将来的心愿。

她说：我长大了不要睡碌架床。

母亲苦笑：傻女，我们这样的人家，不睡碌架床，难道去瞓街？

于是长大了，还是要睡。这四百英尺的屋，四个人，处处要将就。

她其实心里知道，家里人，都想她嫁出去。

母亲原不想，母亲疼惜她。她曾觉得自己长得不好看，担心自己嫁不掉。母亲便笑：你若嫁不出，阿母养你一世。

她也疼惜母亲。家里是母亲在撑持。母亲在海鲜楼做侍应。后父做什么都做不长，不想做，领政府综援。

现在，母亲也想她嫁出去了。半个月前，她在房里换衣服。一回身，看见虚掩的门缝后面，贴着一双眼睛。

那是一双狭长的男人的眼睛。这个家里有两个男人有这样的眼睛，一老一少。

半夜里头，是母亲压低了声量的争吵，还有呜咽。

她深深吸了一口气。

这时候，她听到了外面大风旋动的声音。雨花扑打在窗户上，瞬间绽放，然后变成黏稠的水流，颓唐地流淌下来。

风越来越大。窗子上贴了厚厚的胶带。风进不来，不甘心，鼓得玻璃有些响动，突兀地响了一下，安静了。忽而又响起来，像是沙哑的人声，窃窃地说话。

她突然间想到他。

二

清早，她回到公司，就听见阿荣在抱怨。

搞清洁的锦姐走得匆忙，昨天忘记关了窗户，茶水间没有人打扫。一地的雨水，还有些树叶，在水里泡成了湿黑色。

锦姐请假回了老家。台风太猛，讨海人便遭了殃。阳江有三艘渔船在西沙海域附近沉没，几十个渔民失踪。锦姐家里人没事，房子却被泥石流淹了一半。那是她一年的薪水盖起来的，说起来也是阴功。

> 与“浣熊”相关的雨带为华南地区带来狂风大雨，为香港大部分地区带来超过70毫米雨量。在大雨影响下，天文台分别于下午6时54分及下午7时10分发出新界北部水浸特别报告及山泥倾泻警告。在三号强风信号下，西区摩星岭道50号对开有大树倒塌，无人受伤。

她听着新闻，一边啃一个腿蛋三明治。手提突然响起来。她接了。是个男人的声音，找陈小姐。她立即认了出来。

他的声音，有些黏滞。停顿间，言不尽意。

他说，他想来试镜。

她心头一热，然后用很冷静的声音说，来应征的人很多。今天的试镜时间已经排满了。

他有些失望地“哦”了一声，问她要排到什么时候。

她说：可能要到下个星期了。不过，明天上午好像有个人取消了预约。我需要查一下，看能不能帮你插进去。请稍等。

她手持听筒，面无表情地发了半分钟的呆，然后告诉他，已经查过了。十点半到十一点有一个空挡。她可以帮他安排。

她问他：可以请他提供一些简单的资料么？姓名，身份证号码。

Anish Singh。他说。她听出他的声音里，有些感激。

她重复了一下这个有些拗口的名字。他说：辛赫是他的族姓。

好吧，辛赫先生。那我们明天见。

啧啧啧。阿荣在身后发出奇怪的声音。

Vivian，你真是天生吃这碗饭的，讲大话不打草稿。

她冷笑了一下，说：比起您来，差太远了。

阿荣是他们的业务部经理，至少每个星期能做成一单生意，背后被人叫作“千王之王”。

同事Lulu走过来，把一粒金莎朱古力放在她桌上。

阿荣哈哈大笑，说：值得恭喜。这是Vivian入职来的第一位客。一大早打来公司要casting，“水鱼[①]”做成这样，还真是有够专业。

他出现的时候，她还是有些意外。

他站在门口，看着她，没有要走过来的意思。

他的头发涂了厚厚的发蜡，朝后梳起，好像《教父》里的马龙·白兰度。连同他黑色的西装，以及黧黑的，略有些阴沉的脸色。

内线响起，她接了，是Lulu。Lulu轻声说：Vivian，好好把握。他身上的Armani，是四月在米兰发布的新款。

她也看出了这件西装十分合体。这是个挺拔好看的男人。然而他的眼神里，有一些拘谨和木讷，还是原来的。

她愣了一愣，在调整一个合适的表情。

这时候，阿荣却已站起来，笑容可掬地走过去，握住了他的手。

他躲闪了一下，手随着阿荣的动作剧烈而僵硬地摇动。他的眼睛还是看着她，求助一样。

---

① 粤语中称容易上当的人。

她走过去，迎他落座。

她打开抽屉，取出一份表格，递给他一支笔。

其实是例行公事的登记。他填得很认真。姓名，电话，银行户头。笔迹稚拙，中规中矩。在填“地址”一项的时候，他犹豫了一下，写下了一个地址。在九龙塘的剑桥道。

他说：我不知道三围填什么。

她微笑了，说：没关系。我们的造型师会给你量身。我回头替你填上。

她站起身去影印。他一抬手，手指恰碰到她的腰际。两个人停顿了一下，才如触电般倏然分开。他并没有对她说抱歉，只是嘴角微微扬起。

回来的时候，桌上摊着花花绿绿的报章与杂志广告，那是他们旗下的talents所谓的业绩。

阿荣以业务经理的身份，正在向他解释一份广告文案。这份文案，他们已经用了九个月，用在不同的人身上。

她冲了一杯咖啡，倚着影印室的玻璃门，冷眼旁观。

他在镁光灯底下，发着虚汗。

身后的白幕，将他的身形勾勒得有些突兀。眼神因为茫然，无端地肃穆，又有些焦灼，像个随时待命的追悼会司仪。

摄像师说：伙计，放松些。

她知道，眼前这些拍摄器材，在这阔大的空间里，足以对初入摄影棚的人造成震慑。

当她对这间公司的性质有所认识，也曾觉得这样一个studio作为过程中的一个道具，太过Pro（专业），有喧宾夺主之嫌。

阿荣说：你懂不懂，做戏要做全套。

当他结巴着，对着镜头做完了自我介绍，黧黑的脸色竟然变得有些惨白。发蜡在光照下融化，卷曲的头发耷拉下来，盖在了额角上。

没有了肤色的掩护，下颌上的棱角也被灯光稀释。

他的样子有些脆弱了。

需要表演一个短剧，是《麦克白》。老王被深爱的女儿离弃，一段独白。

他小心翼翼地念着台词。情绪无所用心。没有应有的记恨，也没有绝望。但在他鲁钝的声音里，她却听出隐隐的恐惧。

他的眼神又开始游离，四下张望。摄像师皱起了眉头。当他捉住了她的眼睛，终于安定下来。她攥起拳头，对他做了一个“加油”的姿势。

最后环节是摆一组平面照的pose。

她开始走神，在想如何以别的方式将他留住。她改变了对东南亚人的“成见”。那种与生俱来的表演的天分，他是没有的。他的自信心，或许也已经被自己的表现摧垮了。他随时都会放弃。她需要设计新的说辞。

背景换成了椰林树影，近处是私家游艇的轮廓。他要表达的，是在海边的徜徉与享受。然后是一句台词。

这时候。

他将西装脱下来，搭在了肩上。他没有更多的动作，只是默然立着。

她吃惊的是，他的神色仍然是单调的。而此时，却被一种平和置换，变得自然与静美起来。似乎他天生属于这虚拟的环境。

Life, as it ought to be. 他念出了最后的台词。

他的嘴唇翕动，轻描淡写。

这一刻，她想，他是个性感的男人。

她将他的资料输进计算机。

她感觉出了他的目光，侧过脸去。他的眼睛躲开了。

他轻轻地问：你们会录用我么？

她在心里笑了一下，然后对他说：保持联络，有消息我们会尽快通知的。

她回家的时候，天上堆满了霾，却没有下雨。

风时断时续，并没有想象中的大。今年的风球挂得早，去得也快。只是，城市的面目究竟惨淡了些。

小巴车行到元朗，突然前面设了路障，因为山体滑坡要整修。司机看着前面的车稳稳开了过去，自己却要绕行，心里很不爽，当即在车上骂起来。

你老母，边个不赶去屋企食饭。死仆街，早不设晚不设。

就有乘客劝他：算了，今天机场有二百多个航班延误，走唔甩，我们算好彩啦。

三

"浣熊"于昨日下午6时与7时之间与本港地区最为接近，在本港以西150公里左右，同时，香港天文台录得的最低气压为1003.9百帕斯卡。风势减弱，天文台于今日凌晨1时30分取消所有热带气旋警告。随着"浣熊"转化为温带气旋，本港气温由21摄氏度急升至25摄氏度，带暖性的锋面曾一度为本港带来强劲的偏南气流和较温暖空气。

这一天早上，居然有了阳光。她决定打电话给他。

电话关机，是留言。是他的声音。又不像，声音仍然鲁钝，但是流畅清晰，就是有些刚硬。她告诉他通过了面试，今天可以谈谈签约的细节。

她挂了电话，居然又打了过去。鬼使神差地，是想要听一听他的声音。

他这一天来，只穿了白颜色的棉布衬衫，挽起袖子，牛仔裤。头发并没有梳理，微微蓬起。整个人看上去，竟放松了很多。

她说：辛赫先生，你这才是年轻人的样子。

他不好意思地笑了。

公司里的其他人对他，也宛如老朋友的态度。

在这种时候，他们都很清楚各自扮演的角色与策略。越是严阵以待，越是举重若轻。

阿荣拍拍他的肩膀，恭喜他。说难得第一次试镜照就已经被广告商看中，小伙子前途无量。将来我们公司也以你为荣。

阿荣告诉他，此次请他代言的会是欧洲一个新兴的运动服装品牌，将来很可能成为亚洲青少年的时尚主打。到那时，他的面孔就会家喻户晓。

他渐渐有些心不在焉。阿荣心里没底，说：你要相信我们打造你的诚意。

Vivian在哪里？ 他问。

她恰好听见了，快步走过来。

阿荣就大笑：辛赫先生只信得过我们Vivian。那就交给你了。

她坐下，从阿荣手里接过很厚的一沓档案。

她说：辛赫先生，下面由我来逐项给你解释签约的细节。如果有任何问题，可随时问我。

这自然是一份布满陷阱的合约，机锋暗藏。为了锻炼解释时避重就轻的技巧，她曾用去了许多时间，现在已游刃有余。

然而，她发现，在接下来与他交谈的二十分钟里，并未有成就感可言。因为，说到任何的条款，他只是一味地点头。有时候，为了表现诚意，她不得不特意停下来，等着他问问题。他的鼻翼耸动了一下，似乎想说什么，然而，终究也没有说，仍然是点了点头。

终于到了关键的时候，当充分强调了未来的广告代言工作会给他带来优厚的报酬后，她说：签约后，我们会在合约期限内担任你的经纪人之责。因此，在你的工作运转初期，需要缴付一些行政费用，以便公司为你做宣传与接洽工作之用。她拿出一份表格，向他解释费用细项，包括拍摄造型照和comp card[①]，用以send给广告客户拣选接拍广告之艺人；提升演艺技巧的training course；度身定做的宣传网页；经理人费用、保姆费用……

她将声调调整得最为轻柔，表面上，风平水静，心里还是忐忑的。往往这时候就可能成为和客人的争拗所在。火候拿捏

① 模特名片，包含模特照片等信息。

不好，甚至一拍两散。这样就前功尽弃了。

有时候面对质疑，他们也有对策。阿荣会表现得比客人更强硬，甚至利用威胁的手段。不过这是下策了。

他咳嗽了一声。她心里一惊，停住了。

他捏起这张表格，扫了一眼，问：总共要多少钱。

视想要的宣传力度。不同的宣传力度收效也是不一样的。如果您想要短期内有成果。她拿出了另一份表格：我会推荐这个组合是最有效率的。虽然价格稍高，我们会为您争取多些的折扣，原价是十二万港元，然后……

就这个吧。他再次打断了她，同时拿出了信用卡。

她松弛下来，发现手心里一阵黏腻，已经浸满了汗。

远远地，阿荣向她打了个OK的手势。

这一切，未免太过顺利了。

拍宣传照需要换三套衣服。

因为都是准备给亚洲人的款型，于他则不尽适合，外衣合身的大概只有一件卡其色的猎装。

运动look则是一身Y3的网球服。加大码，他穿上还是紧绷的，胸肌鼓突，看上去十分壮硕，扣子是扣不住的。她又看到了小小的白金A字和一丛浅浅的胸毛。她想，这丛胸毛，让他看上去不那么洁净了。外国人，到底还是兽性的。

他的神情仍然直愣愣的。

摄影师说：先生，眼神温柔一点好吗？想想母亲，你母亲的眼睛。

这时候，他突然间一把将网球衫脱了下来。一瞬间，她看到了他臂膀上有一个刺青，是一把拉满的弓。

他将衣服甩在摄影师脚底下，然后用冰冷的声音说：我没有母亲，她早就死了。

他一言不发，开始穿自己的衣服。她走过去，好言好语地劝他，说还欠一套正装就拍好了。摄影师虽是无心，但她为刚才唐突的话道歉。

他的脸色缓和了一些。她拿来正装的版型相簿，一页页地翻给他看。

他终于指着其中一张说：我要拍这个。

她笑了。她说：先生，这是婚纱。一个人是拍不了的。我们今天，没有预约女模特。

所以，我要和你拍。他很慢地说。

空气凝固了。所有人都在看着她。

几秒钟后，她合上了相簿，然后说：好。

她抚摸着这张照片，自己都觉得惊异。

她没有想到，会在这种情形下穿上婚纱。

一股夏枯草的味道飘过来。Lulu最近上火，喝了太多的凉茶。

Lulu站在她背后看了一会儿：Vivian,你别说，还真挺有夫妻相的。

是的，她自己都惊异。这照片上的两个人，竟然是和谐的，都有些许的紧张。他攥紧了她的手，用的力，是真的。

而眼睛里，居然也都有一丝温柔。这，也是真的。

她对阿荣说：还是给他安排一些广告，一两个也好。

阿荣说：呵呵，妇人之仁。

她说：收了人家这么多钱，也要想着善后。

阿荣这回笑得不知底里：我当然要给他安排，而且要安排个大的。我已经给Anita打过电话了。

听到了Anita的名字，她立刻警醒：阿荣，适可而止。

阿荣又笑了，是和解的表情：Vivian，何必这么认真？难得你第一单做到这么大。我知道，你一直想在外面租个单位住出去，现在机会来了。

是的，如果自己在外面有个小单位，就不再需要睡碌架床了。

她也不置可否地笑了一下。

这一切，都需要钱。

她给他打了电话，告诉他，为他安排的第一支广告，会在这个周末投拍。

他们租借了“海牙城会所”的楼顶游泳池。日租金两万。

阿荣用蹩脚的普通话说：舍不得孩子套不到狼。

Anita依时出现，妖娆万状。

Anita是他们长期合作的女模特，只负责大case。中意混血的Anita，面孔出现在本港大小的成人杂志上，让老少男人流尽了鼻血。偶尔和尖沙咀的豪客做做皮肉生意。她的业务少而精，并不为生活奔忙。但是，阿荣她是会帮的，因为是相逢于微时的朋友。阿荣是她第一个皮条客。

阿荣在这女人臀上拍了一下，咬着她的耳朵说：今天全看你的了。

天气架势，阳光普照。

她依靠着池边的雕花栏杆。城中的景色尽收眼底。远处是海，海里有船，海上是影影绰绰的青马大桥，都分外地小，模型似的。这城市楼宇参差，大体上是齐整洁净的。偶尔也有污浊的角落，一错眼，都可以忽略不计了。

她用手撩了一下泳池里的水，到底还未进六月，水有一点凉。

Anita换了衣服，款款地走出来。

她不禁也惊叹。这混血的女人，真是异乎寻常地美。

有的女人，天生是为了男人而生。

是的，东西方的优点在她身上集合得恰如其分。凹凸有致，皮肤瓷白，头发如汹涌的黑瀑布激荡而下。衣服或许只为在她的身体上点睛。火红色的bra中间以铜环相扣，双乳无法束缚，便有一多半都冲突出来。下装的连接处，则是同样的处理。所以从侧面看，几乎是全裸的。

真像个女神。她想。

然而，“女神”回过头，不经意地对他们望一眼，眼神里的轻浮与炽烈是一贯的。这终于暴露了她职业的立场。迎合与撩动男人，对这女人已犹如本能。

年轻的摄影师Benny是新来的，没见过世面，对眼前的景致未免有些瞠目，以至于忘形到忘记开机。阿荣不动声色，随手抄起一本杂志，狠狠地打在他的裤裆上，说：臭小子，收收心，底下硬着可怎么干活。

Anita径直走到他跟前。

阿荣拍了拍他的肩膀，说：伙计，这是我们最好的模特。瞧，又是鬼妹，和你多般配。

接着，又用耳语一般的声音对他说：今天是你的搭档，你小子有福了。

我不想拍泳装。他的声音不大，但是很清晰。

所有人的表情都凝固了一下，包括搔首弄姿的Anita。

我们的协议里，写明了“拍摄尺度不拘”。阿荣说，辛赫先生，你该明白，职业模特必备的专业素质之一，就是将自己身体最美的部分呈现出来，是每一部分。另外，这个运动品牌的格调十分健康，你大可不必担心。

如果我拒绝拍呢？他说。

阿荣耸了耸肩，摆出一个遗憾的姿势，说：那就是违约了。根据协议，您需要缴拍摄成本100倍的赔偿金。

他沉默了一下，似乎妥协了。

阿荣拍拍掌，示意助理去帮他换衣服。同时使了一个眼色，Anita跟在他身后走进了游泳池后面的行政套房。

她表情漠然地望着套房的方向。

她知道，里面正在上演一出色情剧。在Anita那里，男人没有正人君子。实在不行，美女硬上弓，不是普通人可以抵挡得了的。

布局万无一失。他换衣服的房间里，藏着针孔摄像头，实时尽责生产春宫带。这会成为将来要挟他的佐证。如果他表现得过分主动，那么更好，Anita自会审时度势，在适当的时候大叫非礼。此刻，助理会立即变身目击证人。

在报警与私了之间，大多数人会选择后者。何况“男素人强暴知名情色女模特”是本港媒体趋之若鹜的好题材。

人们都在心中窃笑，同时焦灼等待。

突然，房里发出一声女人的尖叫。阿荣掩饰不住得意，但仍然压抑着声音说：搞掂。

Anita从房间里冲出来，bra已经散开了。肥白的乳在胸前弹跳，有些刺眼。

Benny张大了嘴巴。

阿荣微笑了一下：美女，玩得越来越过火了。够high。

这女人脸上愤怒与痛苦的表情，让在场的男人都兴奋莫名。

阿荣说：宝贝儿，你的演技越来越逼真了。

放屁。Anita凶狠地说，同时放下了捂在胳膊上的手。小臂上，是非常整齐的两排牙印，往外洇着瘀紫的血。

Anita叹了口气：狗娘养的，事实上，是我接近不了他。你们另请高明吧。

这时候，他走出来，几乎是气定神闲。

我不想和这个婊子拍。他说。

阿荣已不知如何做反应。几秒后，回过神来。对他说：那，我们改期。Anita……阿荣咽了一下口水，Anita的职业操守，真让我意外。

他说：不，我要拍。

可是，我们只请了一个女模。您要知道，我们必须考虑成本。

他眯了一下眼睛，目光落在她身上。

我要她和我拍。他说，Miss Chan.

她在心里震颤了一下。

这是行不通的。这不是拍普通的造型照。Vivian没有经过任何专业训练，这是行不通……

她阻止了阿荣继续说下去，同时在桌子上轻轻地画了一道圆弧。

Plan C，今天最后的机会。

她说：好吧，辛赫先生。现在，我们去换衣服。

她换上了一件白色的比基尼，尽管已做好迎接目光的思想准备，但还是觉得万分拘谨。

她抱着胳膊，走了出来。

看不出来。Benny两只手端在胸前，冲助理做了个手势。看不出来，原来我们Vivian也那么有料。

她先看到的是他的背影，并不十分宽阔。一道褐色的卷曲的汗毛，由颈贯穿了背，延伸进了青蓝色的泳裤里。

他转过身，目光正与她的眼睛碰上，便没有离开。

她终于放下手臂，解开下身的浴巾。

他走过来，对她说：Vivian，你很美。

他们换着不同的泳装，穿梭于游泳池的周边。

他出其不意地放松，无顾忌地摆出各种姿势。突然跳进了泳池，深深憋了一口气，才浮出水面。

阳光猛烈了一些。他身上的浅浅毛发变成了淡金色，上面布满了细密的水珠。

然而，他们站在一起，若即若离。摄像机在任何角度都无法迁就。

阿荣也不得不说：我想，你们应该看上去亲密一些。

她侧过眼睛看一眼，向他靠了一靠。他站在她身后，很自然地将手搭在了她的腰上。

看似完美的情侣造型。

突然间，她觉出，他在背后坚硬地顶着自己，并且有灼热的气息，在她的耳廓里游荡。她惊惧地回过头，愤怒却被他的眼睛融化了。黧黑脸庞，孩子一样纯净的微笑。

她还是挣扎了一下。她的胳膊被紧紧地捉住，动弹不得。

你为什么要躲着我？他温柔地喘息着，对她说。

她屏住了呼吸，同时感觉到一阵晕眩。

四

Well done！Mr. Singh. 阿荣对人的恭维，永远是那么真诚，我相信，广告代理会十分满意您的表现。Natural born shining star. 你说是吗？ Vivian.

她勉强地笑了一下。

为了我们更好地为您尽犬马之劳，我们制订了一个整体形象营造计划。您的外形基础很好，这有目共睹。不过，需要进一步的专业提升。比方，您的浓重毛发，当然，非常man，这对凸显您的个性是很有优势的。只是，作为一名专业模特，还需要一些打理，令您的整体外形更为清洁与健康。您看，不妨试试laser hair removal（激光脱毛）……

你想说什么？他的口气有些不耐烦。

我是说，我们有一些适合您的facial course（护肤疗程），会进一步改善您的外形条件。我们会为您负担一部分费用。

我要出多少钱？他问。

我们会为您打八折，总共是十四万港元。

没问题，他看着她说。

结果令所有人都觉得前面的铺陈显得多余。

晚上，他们去了兰桂坊一间酒吧庆贺。为公司开业以来最大的一笔生意。他们成功地在法律与一个印度“二世祖”之间找到了平衡。或许是个二世祖，管他是什么人，总之，一切都是可遇不可求。

她一杯接一杯地喝酒，没有说更多的话。

Be happy, Vivian。你是大功臣。阿荣向她举杯。

她笑着回敬，然后将酒杯掷在了地上。

一个星期后，她按照计划，转了五千块到他的账户里。

又发了一则简讯给他，告诉他，这是上次拍广告的工作酬劳。

又半个月后，她接到了他的电话。告诉她，他已经上完了他们的课程，有没有安排新的工作给他。

她告诉他，暂时没有。很遗憾，他们在竞标中失利，那个运动品牌的经销商最终没有采用他们的广告。他们以广告预稿价格的双倍付酬给他，是仁至义尽。

他问她：什么时候会有新的工作？

她说：这很难说，不过我们会尽量为你留意和争取。一有消息会尽快通知你。

他停顿了一下，终于问道：Vivian，我可以见你吗？

她用冷静的声音回答他：对不起，辛赫先生。我想，我们最好只保持工作上的关系。

五

他们最后的见面，是在六月底。

审讯室的灯光突然亮起，她闭了一下眼睛。再睁开，看到面前穿了警服的男人，有张熟悉的脸孔。

他的目光严峻，没有任何内容。

但是，始终是他先开了口。他说：我说过，我们会再见面。你说得也没有错，是工作上的关系。

她看着他的脸，感到陌生。他在她印象中，是有些懵懂的。

他说，十六个受害人，加上我，算是第十七个。这回，恐怕你们难逃其咎。你有什么要说的吗？

她没有什么要说的。她只是在想，他将领口扣得太严，看不到白金颈链，和那枚A字。

六

多年以后，她再谈起那个台风肆虐的夏天，仍然留恋。为那种毫无预警的累积，没有人能力挽狂澜。

因为那个夏天，他可以与她走过出狱后的三十年。

她将那枚A字握一握，又吻了一下，挂在他的墓碑上。

然后，转身离去。

化宝盆里有未烧尽的报纸，已经泛黄，一则新闻标题依稀可以辨认：

热带风暴“浣熊”，今日登陆香港。

猴子

一

辞职信

西港动植物园园长办公室执事先生台鉴：

本人很遗憾在这个时候向公司正式提出辞职。

本人进入公司已近三年，很荣幸成为公司一员。在此期间，承蒙公司给予学习机会，于良好环境中，提高专业的知识与技能，并取得宝贵工作经验。

此前红颊黑猿杜林（雄性）走失一事，为公司与社会带来相当大的困扰。本人作为园内灵长类动物专职饲养员，难辞其咎。在此，本人深表歉意，并郑重提出辞职，以示悔过。

感谢公司数年来对我的信任和提携，离任之前，本人会先办妥一切分内职务及清楚交代手头上的事务。本人申请在本月底（十二月三十一日）结束在园内的工作，敬请察情批准。

敬祝

公司业务蒸蒸日上

李书朗　谨启

二〇一一年十二月二十二日

就像之前对警方所说，他至今不清楚杜林怎么能够打开铁笼的安全锁，逃了出来。这把锁的密码有六位数。除了他以外，只有动植物园的档案室留有备份。

好吧。这个密码，其实是南茜的生日。他曾经想过要改，因为他已经和南茜分了手。但是，一念之间吧，他没有改。

他当然没有低估过杜林的智商。他甚至觉得，杜林比他更聪明。首先，这一点体现在时间观念上。杜林总是能够精确地把握到法定喂食的时刻，误差不超过五分钟。有时候，他稍有怠慢，杜林立即用它独特的嗓音尖叫，并且把铁笼摇得山响。他听到往往拎着食物飞奔过去。杜林看见他，才慢悠悠地攀缘而下，一脸的事不关己。

这时候，他就有些恼火，然后又很沮丧，觉得自己在动物园里的老板，其实是杜林。它只是只猴子。

也不对，确切地说，杜林是一只红颊黑猿，Hylobates gabriellae。这个不知所谓的学名，决定了它的矜贵。身为黑长臂猿亚目的唯一物种，红颊黑猿的繁殖率极其低下，是当之无愧的濒危动物。

它们的珍稀，也和生活与配偶习惯相关。这种猿猴，一旦成年，便保持着对配偶的忠贞，终身坚守一夫一妻、加上子女的小型家庭结构。所以，与猕猴那种漫山遍野、猴王振臂一呼的社会性群居模式截然不同，后者以滥交繁衍的方式，占有了更多的生存资源，也注定了种群的低贱。

因为基因的缘故，即使离开了柬埔寨和越南的老家，红颊黑猿仍然保留了这种习性。十岁的杜林，与它的配偶Lulu已生活了五年，并产下两头幼猿。抱着挽救物种的愿望，动物园曾做出更多的努力。去年的时候，他们将一头进入发情期的雌性红颊黑猿玛雅放进了杜林的笼子，企图造就奇迹。然而，发展并不如他们所想象的那样。一方面，杜林和Lulu似乎没什么困难地接受了玛雅的存在，与她共食同寝，和睦相处。但是，工作人员很快发现，事实上，这种相敬如宾的态度后，玛雅依然是个局外人。这对夫妇以不动声色的方式将玛雅排斥在家庭结构之外。情愫暗生是行不通的。有鉴于此，他们改变了策略。

当然这也是出于无奈，因为目前杜林是园中这个物种里唯一的雄性。他们实行了短期隔离政策。将杜林和玛雅关在了特别驯养室里，希望独处能点燃它们的干柴烈火。然而，即便如此，几天之后，玛雅主动示好，杜林依然是不解风情的样子。玛雅开始表现得焦躁，淑女风范尽失。这时候，杜林很从容地攀到房间的一角，开始享受曲奇饼和香蕉。

于是有科研人员开始怀疑杜林的性能力。对这一点他大概会有发言权，因为与这只猿猴三年来的朝夕相处。杜林对性事的态度，看似并不很积极，但事实却出人意表。他记得某一个冬天，杜林与Lulu一次漫长的交欢。大约将近一个钟头。尽管在姿势方面，并无甚可圈点之处，但那份勇猛与投入，却足令人类汗颜。他站在僻静处，看着它们，动作天真而舒展，于是对它产生了一些敬佩。想起与南茜有一回在他的工作间仓促的做爱。南茜感到了他的犹疑与心不在焉，因为他心里还记挂着第二天的公务员考试。那导致了他们最激烈的争吵。

是的，的确是在冬天。杜林拥有一种类似于人类的控制力，使得性事处于宁缺毋滥的状态。这与发情期无关。虽然，如同其他猿猴一样，它无法控制这时期兽性的生理反应。它站在铁笼的最高处。所有的人，都可以看到它的阳物，无耻而赤红地挺立着。这为它赢得了很多的观众。男孩子们往往兴奋地大叫。年轻的母亲试图遮住他们的眼睛，但同时忍不住与同伴交头接耳。但他们也都注意到，杜林出奇地安静。这猴子并无丝毫焦躁，只是安静地站在笼子里，一动不动。他很明白，杜林的性情与本能之间，此时出现了莫名的抽离。他看着这猴子，在人们的喧嚣与指点中无动于衷。它用一种淡定明澈的眼神，谛视远方。他就会生出一种荒唐的想法，觉得杜林其实在思考。而且思考的内容，远远多于他的想象。

有一段时间，他将之理解为一种思念。尽管他也不确定，东南亚的空旷雨林，在杜林的头脑中，究竟留存了多少记忆。于是，他就会顺着这个思路想下去，觉得虽是寄居的状态，这只猴子也应该知足。在这个寸土寸金的都市，居大不易，地方永远都不够住。每一任特首的施政报告，都因此招致民怨沸腾。他和自己的父母，蜗居在荔枝角一处唐楼单位，也已近二十年。而这只猿猴，和它的妻儿，却住在这个近两百尺的笼子里，过着悠游的生活。何况，是在中环半山，毗邻西港最高尚的住宅群落。即使论起这动植物园的渊源，也与它的矜贵足以相配。公园以北的上亚厘毕道即为昔日港督府的所在地，所以这座公园，被市民们尊称为“兵头花园”。每每想到这里，他也不禁哑然失笑，笑自己地产经纪式的现实想法。他在骨子里，仍然是个世俗而功利的西港人。而杜林，不过是一只猴子。

然而，他现在却知道了。杜林当时或许在酝酿的，是些更为复杂的事情。或许可以说，它的逃逸计划，是蓄谋已久。

他其实非常明白，没有人会相信，一只猴子会打开密码锁。这是天方夜谭。如果假设成立，那其他的灵长类动物，大可以做更为高端的事情。比方参与开发iPhone5，那还要乔布斯和蒂姆·库克干什么。但是，他还是将这种猜测说了出来。因为，他很确信自己在凌晨离开之前，很谨慎地锁好了笼门。园长居高临下又宽容地笑，觉得他不过在为自己的渎职做虚弱的辩解，将责任推给一只猴子。是的，同样诡异的是，那天的监控器竟然坏了。一切无迹可查。事情的可能性变得确凿。是的，或者是出于无心之失。如果他否认这一点，那么，他就要接受另一种推论。就是，他刻意放走了那只猴子。

这一天的《水果日报》的头版新闻："火星撞地球，智慧马骝[①]重演《偷天陷阱》。"

这个标题，很符合港媒的刻薄与浅薄。《偷天陷阱》是好莱坞红极一时的一部电影。主角是两个黑客级的雌雄大盗。报纸上作为黑体标引的，自然是他的话。报刊档的阿伯盯着他看。他才发现，另一份叫《悠然一周》的杂志封面上登了他录口供时的照片。他觉得自己还挺上相的，除了领子有些褶皱，稍显狼狈。杂志的标题大同小异，只是将电影名改成了《达·芬奇密码》。

他回到家的时候，夜已经深了。母亲一个人倚在沙发上，在看一出粤语残片。这片子他也看过，叫《情海茫茫》。影片里的谢贤还很年轻，与南红在山上远望跑马地、铜锣湾与维

① 粤语中指猴子。

港。那时候的维港似乎也宽阔得多，看上去还有些气势。他就坐在母亲身边，同她一起看。后来，父亲也走了出来，坐在另一边。过了一会儿，父亲点起一支烟，又让了一支给他。点上火，爷儿俩就沉默地抽烟。彼此没有说话，都有些小心翼翼。烟抽完了，父亲要起身去拿。却被母亲按住，说：一包还不够？这时候，插播了新闻。不意外地，又看到了他。面对太多的摄像机，他到底还是有些不镇静。还是那些话，他看到自己苍白着脸说出来，眼神有些闪躲，像个无助的孩子。

这则新闻播完，母亲关上了电视。父亲将手里的烟蒂碾灭，力道有些狠。父亲终于说：仔啊，没了这份工，又会怎样，何苦讲大话？

他想起三年前毕业，恰逢市道最不景气的时候，找工作到处碰壁。作为名牌大学的文学系学生，终于放弃了幻想，接受了这份饲养员的工。父亲说：仔啊，揾唔到工[1]，又会怎样。爸妈养你，何苦去服侍马骝？

他站起身，回到自己房间，关上门。

他快要睡着的时候，接到了南茜的电话。南茜说：你还好吗？他说：还好。南茜说：我要结婚了，这个月底。你能来么？他说：哦，恭喜你。

南茜说：你能来么？他说：能。两个人沉默了一下，南茜说：那个事，我相信你说的。

---

① 粤语，指找不到工作。

他挂上电话。鼻子酸了一下，一下而已。

现在，他将辞职信很仔细地折好，放进了信封里，封上口。他想，他还是应该去看看杜林。

他站在笼子前面。杜林蜷缩在墙角，认出他，微微地抬一抬眼睛，算是打了招呼。应该是麻药的劲儿还没有过去。

这时候，不知道为什么。他想起了多年前看过的一部小说，是一个日本人写的。这个叫太宰治的人自杀了很多次，最后终于成功了。

他想起了小说中的一句话。

“生而为人，我很抱歉。”

在他这样想的时候，他似乎看到杜林龇牙咧嘴地取笑了他一下，然后伸长了胳膊，回身一荡，跳到笼子顶上的小木屋去了。

姿态很优雅。

二

公告

本公司旗下艺人谢嘉颖（Vivian Tse），因本月中环猿猴逃逸事件受到惊吓，乃至精神失常，日前已送至大青山精神康复中心疗养。鉴于其已缺乏对自我行为能力的基本控制，本公司对其言行所表露的信息，概不负责，亦请媒体自重。否则本公司对于相关事宜，将诉诸法律手段。

特此敬告，以示民众。

寰宇国际娱乐股份（有限）公司

二〇一一年十二月二十二日

我没有疯。我知道。

我也并没有后悔，打出了那个电话。

Edward，你应该知道，我是爱你的。

是的，我承认我当时是乱了方寸。我应该打给999。

但是，我真的很怕，你明白吗？

当时你正趴在我身上。而它，那只猴子，就站在床脚。你看不到它的眼神。很冷，好像要看穿我。你能想象吗，一只猴子，有人一样的眼神。

我怕极了，你知道吗？我想让你停下来。可是，你当时正在兴处，你完全没有理会我。它就在你身后，一动不动地看着你动作。

我或许不该叫出声来，这样你就不会猛然回过身。它也就不会受惊，一口咬在你的大腿上。我不知道它咬穿了股动脉。我只看到血呼啦一下涌出来了。

我头脑里只有那个电话号码。

是的，我想都没想就打出去了。我一边抄起那条裙子，用尽气力包扎在你的大腿上，一边拨了那个电话。

那猴子还没有走，它看着我，慌慌张张地打电话。它就安静地坐在窗台上，看着我。

你苍白着脸，好像还没意识到发生了什么事情。你的血把那条Prada的雪纺裙子，染成了一片鲜红。我没想到这条裙子可以派上这个用场。是的，你没见我穿过，前一天才从巴黎送过来。我原本准备在新片发布会的时候，给你一个惊喜。不会，这次绝对不会了。我知道，你最不能容忍的事情，就是我和其他女明星撞衫。

我听到救护车的声音了。我听到门铃响了。我打开门，看见镁光灯一阵乱闪。

一片空白。

我回过头，却看见那只猴子的眼睛，人一样的眼神。它看着我。它慢慢地站起身，走了两步，掀起窗帘，从窗口跳出去了。

是的，我是自食其果。

别的都不重要了。重要的是你没事，你活过来了。

我是自食其果。大概所有人都这么想，包括你。无怪现在十几个大刊小报的封面头版上，都是我的脸，超过我当年最风光的时候。有人骂我黐线、没大脑。有人说我自演自导“苦肉计”，为了要逼宫。机关算尽，咎由自取。

是的，我为什么要打给Ann。

我说给你听，你大概会觉得可笑。因为我信她，只信她一个。我信她，胜过信耶稣，信特首，信老板；甚至也胜过，信你。

你知道的，我有几次换经纪人的机会。那年Maggie在纽约风生水起。她的经纪人找过我，说我进军国际的时机到了。和他合作，换一张牌，满盘皆活。我笑笑说：不换，Ann是我的“糟糠之妻”。

没有Ann，就没有我。

我一个台湾人，只身一人来西港。没背景，没资历，又是落选亚姐。我凭什么有今天？

八年前，我在杜郁风的剧组里做“咖喱非[1]”。那年闹SARS，天又寒，戏场冷清得很。可是我不想走，因为走了也没地方去。我裹着羽绒衫，坐在化妆室门口抽烟。这时候走过来一个人，戴着大口罩。她打量了我一会儿，说：妹妹仔，我看好你。

这人就是Ann。

第二天，Ann签下了我。

有半年，我没做任何工作。Ann给我找了个老师，苦练广东话。Ann说：要想红，先过语言关。

半年后，Ann给我接下了第一个通告。是一部三级片。我犹豫得很，记得还哭了。Ann说：妹妹仔，你信我，为上位，只接这一套。

Ann讲信用，自此再没接过。因为这部三级片，我红了。

有人说，这部三级片接得很合算。背部裸，未露点。脚湿了湿水，还没入海就上了岸。

可我知道，你恨我拍过这片子。我也知道，你曾经和寰宇的老板交涉，要把片子的原始拷贝买下来。有这部片，我就永远摆脱不了“三级女星”的头衔。

我也知道，你是爱惜羽毛的人。你和你老婆分居两年，无绯闻，无纠葛。你不想被人说丰信集团的太子爷最后栽在一个

① Carefree的音译，指临时演员。

三级女星的手里。

可如果没有这部片，哪里有后面的那些试镜机会？视票房为生命的杜大导演又怎么可能给我担正？哪里会有金像奖最佳新人、金马影后、东京电影节最佳女主角？

你，又怎么可能认识我？

那天是我的庆功宴。

曲终人散。你走到我面前。

你说：我是你的影迷。我喜欢你扮的项洛雨。由少演到老，不容易。风尘干练，大情大性。没想到，真人其实是个细路女[①]。

“细路女”三个字，被你说得极温柔。说完，你转身即走。

说起来，如果不是第二天看到狗仔队拍的照片，我还不知道你是谁。

自此后，我一天收到一束黄玫瑰。附一张卡片，上面是我念过的一句台词。

风言风语。Ann第一次跟我翻了脸。

Ann说：现在你的人，是公司给的。不是你自己的。

我说：我们合约上写得清楚，五年不恋爱。现在已经过了。

Ann说：你要现实一点儿，漫说他只是分居，就是他老婆

① 粤语，指小女孩。

死了，续弦也得是拿得出手的名门千金。又怎会轮到你?

有一次，你忍不住了。问我，为什么没说过，想要个名分。

我想一想，说：怎么没想过，我想要个名分，是你心里的“细路女”。

你用力搂一搂我，没再说话。

是的，我自生下来，何曾做过别人的细路女。

七岁上，妈死了。爸一个人带我和我弟，打打骂骂过生活。长到十六岁，怀了邻校男生的孩子。退了学。我想留，那男孩的爸妈双双跪在我面前。我跟着他们去打掉了。那个月，人像失了魂。

有天夜里，睡得迷糊，闻到浓浓酒气。醒过来，看见爸红着眼睛，盯着我。他一把掀开我被子。我一惊，跳下床就往外跑，听他带着哭腔喊：为什么别人动得，我自己……

我跑到姑婆家。姑婆抱了我哭，说：走吧，这家留不住你了，走得越远越好。

在你以前，没人叫我“细路女”。

我知道Ann接到我的电话做了什么。一网打尽，全港的媒体来得这么全，好像是开发布会。我和你一样，没试过血淋淋地被堵在床上。

我知道你爸花了上亿港元，买了有你入镜的照片。徒留下我一个人，惊慌失措的脸。

我不知道，Ann和Sabrina背后有交易。我和Sabrina分别被传与人不和，唯独彼此像是惺惺相惜的姊妹花。本来也没什么不对，何必呢？戏路本就不同。我演我的烈女，她扮她的荡妇。井水不犯河水。

最后一次见Ann，她要我暂时放弃几个广告代言，说是另有打算。我没问为什么。

临走时，她在我耳边轻轻说：Sabrina需要一个对手，才能水涨船高。现在她起来了，不需要你了。

这回拜天所赐，还顺带灭了你的豪门梦。

毕其功于一役，这么多年。

现在，所有的媒体口径一致，之前说处心积虑要名分，要让你蹚浑水，不好。于是改版本为我走火入魔，被只马骝吓癫，自编自导独角戏。

好，那我就将这独角戏演下去。

只是在这里没观众，没人听，没人看。

外面看不见我，我看得见外面。

外面有条河。你信吗，或许我们没留意过。西港还有这样安静的河，好像我老家高雄的一条河。小时候挨了打，跑出去，我就坐在那河边，直坐到天黑。

不知道那只猴子，现在怎样了。

报纸上写，饲养员说猴子自己开了密码锁逃出来。这故事大概没人会信，不过不知道为什么，我有些相信那男孩的话。

或许因为，我看过它的眼睛。

三

十二月二十日　星期二　多云转阴

亚黑，你走了。我知道，是老豆[①]送你走的。我看到他用香蕉把你引出去。我没有出声。

你不要怪老豆，他心里也很难过。老豆很不容易，我们家很穷。你吃得又太多了，老豆养不起。

等我长大了，就出去揾工。赚钱。赚了钱，我就把你找回来。你要等我呀！！！

这是童童最后一篇日记。

如果不是看到这本日记，他可能至今都不知道，他送那只猴子走的时候，童童其实是醒着的。

① 粤俚语，父亲。

他愣愣看着女儿的遗像，细眉细眼，嘴角微微上扬。他看着看着，再次心疼得哭出来了。

这是为给童童申请“行街纸[①]”拍的照片。

童童来西港后还没拍过照。那天天气很好。他跟楼上许家阿婆借了轮椅，推了童童上街。大概很久没有出门了，童童一直在笑，笑得没缘由。见什么都笑，士多店、街心公园、来往的行人和狗。只是看到背了书包放学的孩子，她才沉默了一会儿，远远地看他们。看他们走远了，看不见了，才回过头来，脸上依然是笑的。

到了照相馆，童童却笑不出来了，偷偷跟他说：阿爸，我好害怕。他说：乖女，不怕，告诉照相的伯伯，你几岁了？

照相伯伯就问：是啊，小朋友，你几岁了？

童童想一想，说：七岁。

伯伯就明白了，就说：乖啦，伯伯没听清哦，小朋友几岁？

童童回头看一看他，转过身，安静地回答：七岁。

伯伯按下了快门。说“七”的时候，童童嘴角扬起，好像在微笑，露出白白的牙。童童是个好看的小姑娘。

这两排整齐的白牙和笑，是他熟悉的。阿秀也有这样

---

① 港英当局于特殊情况下发给非法入境者和逾期逗留者的文件，批准他们签保外出，以代替羁留。

的笑。

阿秀。他在心里念了一下这个名字。

那年是他过西港后第一次回乡下吧，算是他这一世最风光的时候了。乡里人都争相过来看“西港人”。

夜里，他和同宗的老大伯喝酒。老大伯问他成家没。他摇摇头。大伯就说，也该说房媳妇儿了。要不，就在乡下娶一个。西港的女子，恐怕心气儿总要高些。要说过日子，还得找个知根知底的。

第三天，媒人上了门，却也带来了一个人，是个姑娘。那姑娘中等身量，苍黑的脸，并不特别俊。却有双细长的眼睛，平添了几分媚。笑起来，牙齐齐整整。很好看。

他也就动了心。媒人那边，却几天未有动静。他有些心焦，终于央人去问。回话说，他别的都还好，就是看面相年纪太大了些。毕竟人家是个黄花女。

他就有些灰。这一年，他已经四十八岁了。十几年前“抵垒[①]”，拿到西港身份。为了能出人头地，衣锦荣归，这些年咬了多少回牙，又吃了多少苦，都不在话下。可是，时间却回不了头。这么多年，对他有意思的女人不是没有，可是他心里，

---

① Touch Base Policy，港英当局1974—1980年期间针对偷渡者的政策，凡偷渡至港，且已入市区同亲人团聚者，即可成为港内合法居民。

总怕让人跟着挨苦，对人不住。男人，总该让自己的老婆过上安稳日子。

这么着，他就想要放弃。媒人却又说，也不是没办法，就看他有没有心。他问怎么个有心法。媒人说：阿秀娘说了，就这一个女儿，要是去了西港，算是远嫁。这辈子都不知见不见到了。所以一份彩礼是要的，也算提前为她送了终。

媒人就说了个数。他想一想，没吭声。又过了半晌，说：行。

这数目不小，他回去，把在西港开的小五金厂给卖了。他想，只要生活有了奔头，钱能够再挣。何况到时候，就是两个人搭手了。

他热热闹闹地成了亲。女方家的面子也挣够了。他在乡下待了一个月。临走也说，回了西港，紧要把阿秀也办过来。

他们不知道，为了这场姻缘，他拿出了全部身家，万事要从头来过。

他回了以往做过的冻肉厂干活。老同事们都惊奇，说他黐线。何至于为了一个女子，十来年的辛苦打水漂。他傻笑，心里却有盼头和幸福。

一年后老家人来，和他说，阿秀生了个闺女。他笑开了颜，问这问那，老家人脸色却不甚自在。

终于回去，阿秀抱出了小人儿。玉玲珑似的，也是细长的眼。他正欢喜着，阿秀说有事和他说，就打开了襁褓。这孩子的右腿纠结着，是先天畸形。

他愣一愣，抱着阿秀和孩子大哭，发誓要给这娘儿俩好生活。

回去后，他便分外努力，口挪肚攒，挣了钱就往乡下寄。

然而这时候，却赶上了亚洲经济的大萧条。没有了家底的人，更是首当其冲。先是被裁员，他认了命，就去打散工。无非多做些，起早贪黑更辛苦些。

这样久了，积劳成疾，咳个不停。终于有天咳出血，去政府医院看，说是染了肺结核，已经很严重。

他就此不能再工作。虽然脸上无光，但还是领了政府的综援。

仍是往乡下寄钱，只是数目愈见少了。他也不敢再回乡，一切无从说起。

终有一日，收到同乡带来的书信，说阿秀改嫁了。孩子现在归他阿娘带。

他心里黯了。出去喝了一夜的酒。第二天对同乡说，要将孩子接来。同乡叹一口气：这话以往说还成。现在你都这样了，拿什么养孩子。西港的生活又这么贵，放在乡下老人身边，总还算有个依靠。

又过了几年，老人殁了。

他回去奔丧。族里的人说，你想办法把孩子带走吧。

他走过去，牵了牵这孩子的手。孩子手缩一缩，抬起头看看他，又慢慢地伸过来，放在他的大手上。

这一来，他便有些急火攻心，想着快些将孩子办过来。然而，这些年，因为意志的消磨，对于当时颁行的各种政策已经到了漠然的程度。就找到了一个熟人帮忙，将仅余的三千块当了酬劳。但竟然所托非人，熟人音信全无，连要命的“出世纸”也弄丢了。他再想一想，终于决定让女儿走自己二十年前的老路，他东挪西借了五千块，央人帮孩子偷渡到了西港。

那天晚上，看着细长晶亮的眼睛，他第一次紧紧拥抱自己的女儿，心底里有些暖。尽管也知道相依为命的日子，将不太好过。

童童是个安静的孩子，寡言少语。

开始，他以为面对这徒然四壁的家和一个陌生的大人，她有些不知所措。后来发现，这安静是出于天性。

甚至于连同对你的好，也是安静的。

因为有这孩子，他不愿再以西洋菜煮粥惯常地生活。有时候，会在周末的时候，到帮佣过的餐厅等着。等到快收工，看人不多了，就走进去，拿一个搪瓷杯，去倒了盘子里客人的剩菜。按理这是不合适的。但部长和服务生，以往都认识，又觉他可怜，便都睁一只眼闭一只眼了。

这样几次，再夜了回到家，就看到童童一瘸一拐地走过来，帮他接过搪瓷杯。他看桌上已摆好的碗筷，还有一煲饭。都说“穷人孩子早当家”，童童似乎又太早。他就有些心酸。

坐定了，他扒了一口饭，看到自己碗底卧着几块完整的叉烧，是这搪瓷杯里的精华，便再也抑制不住，流下了泪来。

这孩子，只是脸上很少会有笑容。因怕被人看见，便不能出门。有时候，趴在窗口上，看外面。直看到天擦黑了，才下来。

社区里终于知道了童童的存在，便有义工上门。他开始很抗拒。后来听说只要主动向当局自首，在议员的协助下便不用坐监。童童还可获入境处签发“行街纸”，有了合法的身份，将来还有可能上学。

他心里便出现了一些希望。

那天他们拍了申请“行街纸”的照片。父女两个回到家里。

就在这时候，他看见了“亚黑”。

他看到这只马骝，正蹲在他们栖身的碌架床上，一动不动地看着他。

他也是第一次看到体形这么庞大的猴子。

他从来没有这样恐惧过。并不是因为这猴子，而是，他看到童童已经走到了猴子的面前，对它伸出了手。

他不敢叫，也不敢上前，他担心自己任何一个举动会激怒猴子，情急下伤害自己的女儿。

他看着童童柔软的小手，放在了它额前的一撮毛发上，抚摸了一下。

他看到，猴子微微舒展了长满了皱纹的脸，发出轻声呻吟。

在这一刹那，他觉得这猴子的面相，有些像自己。

这时候，童童回过头看他，脸上有惊喜的笑。

他想，他决定留下了这只猴子，或许只是为了将女儿这一整天的笑容，留到晚上。

童童和猴子对视了一会儿，打开了手上的纸袋，掏出一块老婆饼。

猴子并没有怎么犹豫，迅速地拿过来。

他笑一笑，同时有些好奇地注意猴子下面的举动。他似乎并没有因为女儿的慷慨而不适。尽管这块点心，对他们父女而言，已经是需要咬一咬牙的奢侈品。

猴子并没有塞进嘴里狼吞虎咽。它轻轻咬了一口老婆饼，也许是出于谨慎。很快，它加快了咀嚼的频率。他猜想它应该是饥饿的。然而，仍然控制着咬食的速度，使它的样子不至于太像个老饕。他想起了大帽山上漫山生长的猕猴，时常有一些有关它们的新闻，多半是控诉这些野生动物袭击游客、强取食物的行径。相较之下，这只猴子简直是绅士了。

他于是也掰下一根刚买的香蕉。其实是街市收摊前卖剩的尾货，熟得已经过了头，有些发软，现出铁锈般不新鲜的颜色。

猴子看一看，接过来，熟练地将香蕉皮剥下来。然后开始认真享用。它神情的淡定自若，的确令人叹为观止。

童童惊奇地看它，又望一望自己的父亲，再次咯咯地笑起来。

猴子看着童童笑，也咧开了嘴巴，露出了有些发黄的牙齿与苍红色的牙龈。父女两个便知道，它应该是快乐的。

这时候，它把香蕉皮丢在一边，突然展开修长的手臂，一弓身，做了一个倒立的动作。这样也暴露了它红色的屁股。它就这样倒立着，在碌架床上转了一个圈，床上的木板就发出咯吱咯吱的声响。

他知道它在取悦他们父女，作为友善的回报。

这是一只懂得感恩的猴子。

这猴子似乎不知疲倦，在床上转了一圈又一圈，好像上了发条的机器。

“亚黑。”童童说，阿爸，我想叫它“亚黑”。

他点点头。

童童便再次叫：亚黑。

猴子这时候，停下来。它伸开胳膊，抓住床上铁栏杆，使劲一荡，到了童童身边。

亚黑。童童放大了声量。猴子轻轻地叫了一下，声音好像初生婴儿的啼哭。

晚上，他走到床跟前，为童童盖好被子。

亚黑睡在童童的脚边，只抬了一下眼睛，眼神里并没有什么内容，就又闭上。它睡觉的样子，将自己蜷成一团，也如同婴儿。

在暗沉的灯光底下，他也坐下来。听着女儿与亚黑发出均匀的呼吸的声音。突然觉得，他们好像一家人。

已经很久没有这种感觉了。他曾经的理想，或许也就是在这样一个夜晚，有一个能坐在一起、相依为命的三口之家。

这样坐了很久。他站起身，抽出白天买的报纸。

家里没有收音机与电视，这是他每天获取信息的唯一方式。而这信息并非港闻大事，却也关乎生计。报纸上经常有些超市打折的消息，还有些优惠的印花贴纸。他便如同很多过日子的阿婆，仔细地剪下来，放在鞋盒里备用。

他戴上老花镜，举起剪刀。就在这时，一幅图片赫然进入视线。图片上是一只黑色的猴子。这是一则安民启事，说得十分明白，西港动植物园走失了一只红颊黑猿，估计在西环与上环一带活动。请广大市民不必恐慌，该猿类为国家级保护动物，生性温和，通常情形下不会伤害人类。如有市民知情，请迅速与警署联络。

他手抖了一下，回头看一眼亚黑，顿时警醒，并倏然紧张起来。他想起，自己的行为，似乎与窝藏相关。如今在议员的帮助下，刚刚获得赦免。如果再有新的案底，恐怕再无生天。那么他们父女两个的将来……

想到这里，他头上已经冒出了密集的汗珠。

他走到了床边，举起了一根香蕉。

亚黑条件反射一样，睁开了眼睛，并咧了一下嘴。他退后了一下。亚黑坐起来，看着他。

他又往后走了几步。亚黑跳下床，亦步亦趋。

抬起头，还是看着他。他看着亚黑毫无戒备的眼神，忽然间心里有些痛。

但脚下的步子，却快了很多。

他打开了门，走出去。

亚黑也跟出去。就这么对面站着，渐渐都适应了暗黑的光线。亚黑轻轻地叫唤，好像婴儿的声音。

他将香蕉放在地上。亚黑捡起来，剥了皮，低下头，一口一口咬下去。

他闪进房间，将门关上了。

他将耳朵贴在门上，听见了几声急促的叫声，很轻。接着，是身体摩擦门的声音。他知道，它想要进来。

他几乎在这时候打开了门，却想起了什么，将门的保险锁按下去了。

第二天，他告诉童童，亚黑从窗户跳走了。

童童看看他，又看看窗子，没有说话，再抬起头，已经没有了笑。

他心里默默祈祷，希望亚黑能快点被人找到，回到属于它的地方。

那时候，他可以带童童去动植物园。他似乎看到了女儿与亚黑重逢时，惊喜绽放的笑容。

他们父女二人再次看到亚黑，是在第三天的中午。

当时，他正在街市里，为一副猪肝，与"猪肉祥"讨价还价。

这时候响起了枪声。

他看到街对面康乐中心的楼顶，有一团黑色的毛茸茸的东西，晃动了一下，从排水管道上跌落下来。

他张着嘴巴，愣了神，过了许久，才想起身边的女儿。

这时候，他看到童童向着街对过奔跑过去，一瘸一拐地，而同时，一辆货柜车呼啸而过。

车身遮住了他的视线。

一些穿制服的人，大声地喊着什么。他听不懂。

突然，他什么也听不见了。

四

（综合报道）(《星港日报》报道)日前于本港动植物园走失的红颊黑猿，终被捕获。市民报警，有黑色“甩绳马骝”在西环坚尼地城一带盘桓。警方与消防员接报赶至，见顽猿在西区德福道嘉惠阁露天停车场活动，因其行动敏捷，无法接近，警员只能充当“狗仔队”进行跟踪监视，同时要求渔护署人员和兽医前来协助捕捉。

中午近一时，渔护署人员与兽医赶至。唯顽猿已逃至西区康乐中心楼顶，兽医遂在距离二十米处，向它发射麻醉枪。其中枪跌落后仍爬上山坡棚架欲逃走，但因药力发作，约十分钟告手脚疲软躺下。

兽医将其放入兽笼，以手推车送至公园兽医室，经检验无恙。稍后，麻醉药力消散，被送返栖身铁笼，“逃狱”五十六小时后才与妻儿团聚。

逃逸期间，此“甩绳马骝”曾大闹中半山豪宅区，此地区多商贾名流和明星居住。据闻旧山顶道七号金陵阁一谢姓女星，因受到该猿滋扰，惊吓导致精神失常，已送至大青山康复中心休养。

此为西港动植物公园第三宗涉及猿猴案件。最严重一宗乃二〇〇二年八月二十六日，公园内一头三十岁雄性红颊黑猿，抓伤在笼内清洁的女工右肩。

（本报记者　袁午清　二〇一一年十二月二十二日）

稿子总算发出去了。真搞不懂，西港人为了一只猴子，也要长篇累牍地跟踪报道了三天。黐线。

不是为了阿玉，我大概不会选择留在这里工作。也不知道她什么时候才能拿到博士学位。

在这里，作为一个媒体人的理想，大概要一天天地磨掉了。想当年刚入行，在《国民日报》做见习记者，已经在国际要闻部跟着外交大佬们做随访。现在倒好，上礼拜陪了渔护署去界限河抓被人弃养的鳄鱼，今天又要伙着西区警署的人去逮马骝。这世道，真是畜生比人金贵了。

出了报馆，突然觉得蚀心的饿。想街角有间久负盛名的小餐厅，还未帮衬过。就走进去，点了一碗萝卜牛腩粉。汤头很好，味道浓厚。结账时，还是传统的派头。老伯慢悠悠地收钱，找钱，拿出簿子记下账数。

合上簿子，见面上贴了张白纸，上面写着四个字：死亡笔记。

我笑一笑，走出门去。

抬起头，一天灿烂的好星。

龙舟

于野的印象里，香港似乎没有大片的海。维多利亚港口，在高处看是窄窄的一湾水。到了晚上，灯火阑珊了，船上和码头上星星点点的光，把海的轮廓勾勒出来。这时候，才渐渐有了些气势。

于野在海边长大。那是真正的海，一望无际的。涨潮的时候，是惊涛拍岸，不受驯服的水，依着性情东奔西突。轰然的声音，在人心里发出壮阔的共鸣。

初到香港的时候，于野还是个小孩子，却已经会在心里营造失望的情绪。他对父亲说，这海水，好像是在洗澡盆里的，安静得让人想去死。

父亲很吃惊地听着九岁的儿子说着悲观的话。但是他无从对儿子解释。

他们住在祖父的宅子里，等着祖父死。这是很残酷的事情。于野和这个老人并没有感情。老人抛弃了内地的妻儿，在香港另立门户。一场车祸却将他在香港的门户灭绝了。他又成了孑然一人。这时候，他想到了于野的父亲。这三十多年未见的儿子是老人唯一的法定继承人。

祖父冷漠地看着于野，是施舍者的眼神。他却看到孙子的表情比他更冷漠。

这里的确是不如七年前了。

于野站在沙滩后的瓦砾堆上，这样想。他已是个二十岁的年轻男人。说他年轻，甚至还穿着拔萃男校的校服。其实，他在港大已经读到了第二个年头。而他又确乎不是个孩子。他静止地站着，瘦长的站姿里可以见到一种老成的东西。这老成又是经不起推敲的，二十年冷静的成长，使他避免了很多的碰撞与打击，他苍白的脸，他的眼睛，他脸上浅浅的青春痘疤痕，都见得到未经打磨的棱角。这棱角表现出的不耐，是属于他这个年纪的。

是，不如七年前了。他想。

哪里会有这么多的人，七年前。

中三的时候，于野逃了一次课，在中环码头即兴地上了一艘渡轮，来到这里。船航行到一半，水照例是死静的。所以，海风大起来的时候，摇晃中，于野几乎产生了错觉，茫茫然感到远处应该有一座栈桥，再就是红顶白墙的德国人的建筑，鳞次栉比接成了一线。

没有。那些都是家乡的东西。但是，海浪却是实在的。

靠岸了，香港的一座离岛。

于野小心翼翼地走下船，看到冲着码头的是一座街市，有一些步伐闲散的人。店铺也都开着，多的是卖海鲜的铺头。已经是黄昏的时候，水族箱里的活物都有些倦，人也是。一个肥胖的女人，倚着铁栅栏门在烤生蚝。蚝熟了，发出嗞嗞的声响，一面渗出了惨白的汁。女人没看见似的，依旧烤下去。一条濑尿虾蹦出来。于野犹豫了一下，将虾捡起来，扔进水族箱。虾落入水里的声音很清爽，被女人听到。女人眼神一凛，挺一下胸脯，对于野骂了一句肮脏的话，干脆利落。于野一愣神，逃开了。

一路走过，都是近乎破败的骑楼，上面有些大而无当的街招。灰扑扑的石板路，走在上面，忽然扑哧一声响，溅起一些水。于野看一眼打湿的裤脚，有些沮丧。这时候看一个穿着警服的人，骑着一辆电单车，很迟缓地开过来，打量一下他，说:后生仔，没返学哦，屋企系边啊[①]。他并不等于野答，又迟缓地开走了。于野望着他的背影，更为沮丧了。

路过一个铺头，黑洞洞的，招牌上写着“源生记”。于野探一下头，就见很年老的婆婆走出来，见是他，嘴里发出咄的

① 粤语，意为“你家住哪里？”

一声，又走回去，将铺头里的灯亮起来了。于野看到里面，幽蓝的灯光里，有一个颜色鲜艳的假人对他微笑。婆婆也对他由衷地笑，露出了黑红色的牙床。向他招一招手，同时用手指掸了掸近旁的一件衣裳。这是一间寿衣店。

海滩，是在于野沮丧到极点的时候出现的。

于野很意外地看着这片海滩，在弥漫烟火气的漫长的街道尽头出现。

这真是一片好海滩。于野想。

海滩宽阔平整，曲曲折折地蔓延到远处礁岩的脚底下，略过了一些暗沉的影。干净的白沙，松软细腻，在斜阳里头，染成了浅浅的金黄色，好像蛋挞的脆皮最边缘的一圈的颜色，温暖均匀。

于野将鞋子脱下来。舀上一些沙子，然后慢慢地倾倒。沙子流下来，在安静的海和天的背景里头，发出簌簌的声音。犹如沙漏，将时间一点一点地筛落，没有任何打扰。风吹过来，这些沙终于改变了走向，远远地飘过去。一片贝壳落下来，随即被更多的沙子掩埋。头顶有一只海鸟，斜刺下来，发出惨烈的叫声，又飞走了。

于野在这海滩上坐着，一直坐到天际暗淡。潮涨起来，暗暗地涌动，迫近，海浪声音渐渐大了。直到他脚底下，于野看自己的鞋子乘着浪头漂起来，在水中闪动了一下，消失不见。

七年，于野对这座离岛的造访，有如对朋友，需要一些私下、体己的交流。

他通常会避开一些场合，是有意识地擦肩而过。清明、一年一度的太平清醮[①]、佛诞，通常都是隆重的，迎接各色生客与熟客。这离岛，是香港人纪念传统的软肋。后来回归了，这里又变成了驻港部队的水上跳伞表演基地。每年的国庆，又是一场热闹。

海滩是纷繁的，然后又静寂下来。这时分，才是给知交的。静寂的时候就属于于野了。他一个人坐在这静寂里，看潮头起落，水静风停。

但是，人还是多起来。当于野在一个星期二的早晨，看见混着泡沫的海浪将一只易拉罐推到了脚边，不禁皱了皱眉头。观光客、旅行团，在非节假日不断地遭遇。当他们在海滩上出现的时候，欢天喜地的声音掺在海风里吹过来。政府又将海滩开放，帆板与赛艇，在海面上轻浮地划出弧线。

他终于决定，选择晚上来。这岛上喧腾的体温，彻底沉顿。穿过灯光闪烁的街市，火黄的一片。在这火黄将尽的时候，就是一片密实的黑了。

这一天，于野站在沙滩后面的瓦砾堆上，遥遥地望过去。

---

① 香港长洲岛传统民间信俗，每年农历四月初六开始。

看见涌动的人头，无奈地抖一抖腿。端午这天来，实在是计划外的事情。父亲将那女人接回家里了。若是她老实地待在医院里安胎，于野是不会出门的。

端午，在这座城市，或许是个萧条的节日。这里的人，对春夏之交素无好感，闷热阴湿的天气，可以在空气中抓出水来。端午前后，吃粽子，间或会想起屈原这个人。而到了农历五月初五这一天，平凡人家，通常是轻描淡写地过去。

所以，于野看见海滩在黄昏的时候，竟然缤纷成了一片，实在出于意表。远处有些招展的旗帜，有些响亮的呐喊。望得见穿着不同颜色背心的男人扛着龙舟走过来，一面喊着号子。

待这些龙舟在沙滩上稳稳摆定，于野禁不住走近前。这些船，通体刷着极绚烂的色彩。龙的面目可掬，都长着卡通的硕大的眼，一团和气。龙头被打扮得花枝招展，缠着红绸，插着艾草。

于野倏然明白，这是岛民一年一度的龙舟竞渡。

选手们在岸上热身。供围观的人品头论足。

一个长者模样的人，一声令下，龙舟纷纷入了水。

这时候有鼓乐响起，不很纯熟，气势却很大。于野这才看到，岸上的人群中，还有一群年轻的男孩子，站得笔直，身着雪白色的制服和黑裤。其中却有两个，底下穿的是斑斓的苏格兰裙。黑红格的呢裙底下，看得见粗壮的小腿。这大概是这岛上应景的乐队，继承的也是传统，却是来自英伦的。

就在这鼎沸的声音里头，过去十几分钟，龙舟遥遥地在海里立了标杆的地方聚了，那里才是比赛的起点。

一面鲜红的大旗，迎风哗地一摇，就见龙舟争先恐后地游过来。赛手们拼着气力，岸上的呐喊响成一片，不知何时又起了喧天的鼓声。那是船上的鼓手，打着鼓点控制着摇桨的节奏。

一条黄色船，正在领先的位置。鼓手正站在船头，甩开了胳膊，大着力气敲鼓，身上无一处不动，洋溢着表演的色彩。

于野在这喧腾里，有一种不适。但是，他又逼迫自己看下去。很意外地，耳膜在这击打之下，产生了快感，一触即破。或者说，其实是苏醒了。在祖父的宅子里，沉闷幽暗的流年侵蚀下，退化的感觉，在这喧腾噬咬下苏醒了。

于野不禁跟着呐喊了一声，喊得猛烈而突兀，破了音。他有些羞惭地住了口。但是并没有人听见。他的声音，被声浪彻底地吞没。

这时候，海天相接的地方，波动起来。亮起了火烧一样的颜色，是夕阳坠落。龙舟们行进得越发的快，好像也被燎上了火。人们也越发振奋起来，聚拢，再聚拢。

到了冲刺的阶段，却有一条红色的船，一连超越了好几条，最后超过了黄色的那条，到了近岸的位置，居了第一。

裁判将大旗插到红色龙舟的船头上。于野心里一阵怅然，觉得失之交臂。

与铺垫相比，这龙舟的赛事，过程太过简洁。

乐声又响起。这回却不同，没有嘈杂，是那两个穿格子裙的男孩，吹奏风笛。苍凉暗哑的单纯声响，远远铺展，和这雀跃的背景有些不称。

暮色到底降临，使得这表演的性质近乎谢幕。

人渐渐都散了。乐队的其他成员，开始交头接耳。龙舟又被扛起来，缓缓挪动开去，这回没有人喊号子。龙头上巨大的眼睛和喜乐的面目，未得其所。吹奏风笛的男孩子，并排地迈动步伐，吹出的声音更沉郁了一些。两个人，脸上令人费解地庄严肃穆，好像是参加丧礼的乐师。这时候，于野看见一个白色影子，缓缓跟随这支乐队，消失在暗沉里。

人终于走光了。海滩上再次安静。这安静是属于于野的。他欣慰地叹一口气，坐下来。

于野四望一下，确信这是他熟悉的那个海滩。海那边汇聚了一些褐色的云，月亮升起来，在云的间隙里行进，渐渐躲到礁岩背后去了。温度下降，有些凉。

他眯起眼睛，将这海滩的轮廓梳理一遍。看见瘦长的影子，那不是这海滩惯有的，是一个弯曲的昂首的形状。于野站起来，遥遥地望过去，仔细地辨认，发现是一艘被遗落的龙舟。

这龙舟在这沙滩上，笼在月光里头，分外安静。没有了游弋的背景，它终于成了一个死物。

于野走过去，摸一摸那龙的头，还是潮湿的。彩色的绸成了净湿的一条，有气无力地搭在龙角上。角上挂着一支桨，桨叶缠上了水草。于野拎起来，突然，有什么东西落在他脚上，窸窸窣窣地，惊惶间爬走了，是一只小蟹子。

于野吁了一口气，扔下船桨，转身要走开。

背后有风，响动织物的声音，隐隐间有些寒气沿着耳畔袭来。

于野回过头，看见一个白色的身影立在船尾。

白色的身影说：你在做什么？

于野站在原地，慌乱了一下，镇静下来。因为这声音很好听，有着游丝一样的尾音。

于野说：没干什么。

白影子走过来，是个女孩子，看上去和于野的年纪相仿。她抬起头，撩开头发，是张苍白圆润的脸。

你不是这岛上的。

于野没有答话。看女孩的白裙子在海风里飘扬起来。这裙子的质地非常单薄，绢一样。于野想，她会觉得冷。

女孩凑近了一些，打量他，然后说：原来是拔萃的，名校。

于野抬起手，有些不自在，挡一挡衬衫上的校徽。一面说：毕业了。

女孩笑了，笑得有些发苦。这时候月光亮了一些，于野看清楚了她的面目。女孩长着那种细长上挑的眼睛，眼角很锋利地向鬓角扫上去，大概就是人们说的凤目。这在广东人里是很少有的。

这眼睛的形状，让她的神情变得有些难以捉摸。女孩说：毕业了还穿校服，扮后生？

于野说：对，扮后生。

女孩问：你是不是常来这里？

于野想一想，点点头，又有些不甘心地问：你怎么知道？

女孩眉毛挑起来，像在于野身上寻找什么。于野听见她轻轻地说：你虽然不是这岛上的人，但你身上有这岛上的气味。

女孩说完这句话，朗声笑起来。这笑声在夜风里打着战，有些发飘。

于野皱一皱眉头，觉得这笑声不可理喻。但是，不由己地，他觉得这陌生的女孩的笑声，吸引了他。

待女孩的笑声平息了，于野鼓起勇气，问：你是这岛上的？

女孩的神情，突然变得严肃了，她说：是吧。

于野不知如何接话，轻轻地哦了一声。

女孩遥遥地指一指岛的西边，说：我住在那里。

为什么来？来看龙舟竞渡？

女孩拢一拢裙子，在海滩上坐下来，同时指了指身边。于野愣一愣，也坐下来。

女孩侧过脸看他一眼，头发被风吹动，发梢掠向一边，颈上的皮肤很白，看得见透明的，青色的血管。女孩并没有说更多的话，于野感觉到有一股凉意袭来。

女孩说：听你的口音，你不是在这儿出生的。

这句话刺痛了于野，却也在静默之后，为两个人的交谈打开了一个缺口。

于野抓起一把沙子，缓缓地，任沙子从指缝中流下来。

他想起了母亲。

来到香港的第一年，母亲去世。父亲是于野唯一的亲人了。这个寡言的男人，为打理祖父的公司，未老先衰。原本不是做生意的料，他做到了鞠躬尽瘁。败顶，大肚腩，外加风湿性心脏病。没有恋爱，偶尔有性。不同的女人在家里出入，如同走马灯。然而，有这么一天早晨，一个女人让于野感到面熟。这个女人从干衣机里，拿出衣服，一件件叠好。看见于野，将整齐的一摞衬衫、睡衣、底裤递到他手上，说：你的，拿好。

于野脸一红，将衣服掷在地板上。

七年过去了。

这面目朴素的女人仍然没有名分。

每年于野的生日礼物，都是她买的，如果是应景也就罢了，但偏偏每样礼物都买到了于野的心坎里。于野是个物欲淡漠的男孩，只喜欢极少数的东西。当十二岁那年，他看见书桌上多了一个限量版的咸蛋超人。这玩具曾令他朝思暮想，那感觉如同折磨。

他拒绝。女人捉过他的手，将礼物放在他手里。

那是双绵软温热的手。

女孩说：以前，端午赛龙舟，要先唱龙船歌。你听过么？

于野摇摇头。

女孩轻轻哼唱，于野听不懂词句，但觉出了旋律的沉厚。女孩唱一段，将歌词念出来："锣鼓停声，低头唱也，请到天地初开盘古皇，手拿日月定阴阳，先有两仪生四象，乾坤广大列三纲……"

女孩说：这是首古曲，早就没人唱了，是家传的。我们家没有男丁，祖父就教给了我。

于野静静地听。这歌很长，女孩不知疲倦地唱下去。

他想起，女人也是爱唱歌的，最爱唱一首《茉莉花》。

好一朵美丽的茉莉花，好一朵美丽的茉莉花，芬芳扑鼻满枝丫，又白又香人人夸……

那晚女人唱着这首歌。于野经过她的房间，门虚掩着。于野看见她的身体。女人在父亲身上扭动，好像一只白海豚。于野只见过一次白海豚，在屯门。光滑丰腴的白海豚，从海面上一跃而起，同时甩了一下尾巴，发出喑哑的叫声。

他看见父亲放下手中的红酒，走过去，抚摸她，将她穿好的衣服剥落，如同蝉蜕。他看见她跨坐在父亲身上，再一次地，如同白海豚一般呻吟，浅唱。父亲发福的身体上，颠簸中的，是她滑腻的背与臀。父亲是她的船，在欲望的海潮中，且停且进，渐行渐远。突然，她禁不住嘶喊了一下，这声音令于野忍无可忍。他在膨胀中，挣扎着走了几步，拉下了电源总闸。

黑暗中，于野欣慰地听见，这对男女从欲望的潮头，掉落下来了。

夜里，于野梦见自己骑在一头白海豚身上，白海豚平稳地游动，忽而在空中翻腾了一下，他也跟着它旋转、翻越，在茫茫然的海浪中穿梭、起落。然而，就在他们沿着最高大的浪峰攀登的时候，他感到背上一阵锐利的痛。他回过头，看到父亲手中的匕首，滴着血。他虚弱地在空中抓了一下，击打了一下海面，慢慢地，慢慢地跌落在阴冷湿滑的海底。

于野猝然醒来，坐起，见自己笼在清亮的月光里头，无处藏身。他愣一愣神，羞惭地将底裤脱下来，扔到了床底下。当他放学回来的时候，看见那条底裤正与其他衣服一起，在阳台上湿漉漉地滴着水。女人放下手中的晾衣竿，回过头，对他笑一笑。笑得很温柔。

于野突然觉得喉头发干，他从包里拿出一听可乐。想一想，又拿出另一瓶，递给女孩。

女孩侧过脸，看见可乐铝罐。突然惊叫一声，她掩住面，嘴里说：拿开，拿开。

女孩神经质地抖动，将头放在膝盖间。于野突然感到厌恶，但是，他还是将可乐放回包里。

女孩说：我要走了。

于野并没有抬头。

月亮已经升到头顶。一轮上弦月，发着阴阴的光。

于野看见海滩的东边，是一排长长的建筑。偶有一两个窗子亮着灯。其中一个在他在看的时候，迅速地熄了。

这些混凝土的小楼原是民居，后来因为来岛上的人多了，便被岛民改建成了简易的度假屋。只是看起来，生意并不景气。

于野是不预备回家去了，踌躇了一下，向那边走去。

经过了刚才落脚的瓦砾堆，于野突然停住，他揉一揉眼睛，看到，一堆碎石下面，无端地开出一枝艳异的白色花朵。在夜色里招摇得不像话，于野看一看，更快走过去。

度假屋外面，有一个门房。看起来兼营着小卖部的营生，卖零食和饮料，租借烧烤工具。在醒目的地方，还摆着各式的安全套。于野扫了一眼，一个精瘦的男人走过来，说：要浮点的，还是水果味的？新货。

于野说：我要住店。

男人拿出一本簿子，问：一个人，过夜吗？

于野抬头望一眼黑黢黢的天，说：嗯。

男人戴上眼镜，打量他一下，说：身份证。

于野将身份证掏出来，男人看一看，又向他背后扫一眼，说：没别人吧。

于野并没答他。男人自说自话：现在做生意不容易，小心驶得万年船。去吧，303。往左拐，第二个门洞。

于野上了楼，听见木楼梯在脚下吱吱嘎嘎地响。

上到三楼，找到303，看见似乎新漆过的一扇门，本应该是亮蓝的颜色，在日光灯底下有些发紫。

于野掏出钥匙，打开门。一百来尺的房间，里面还算整饬。墙上贴了淡绿的墙纸，星星点点地缀着草莓的图案，经了年月，有些旧。靠墙砌了一个木台，上面摆了个床垫。床单和被罩也是淡绿的，透着白，看得出洗了很多次。电视是有的。打开冷气机，隆隆的声响过后，房间却也凉快下来。

靠阳台的地方，居然还摆了一台电饭煲。于野将锅揭开来，里面摆了整齐的一副碗筷，只是碗沿上残了一块。

于野将阳台的门打开，腥咸的海风吹进来，味道有些不新鲜，听得见海浪迭起的声音。月亮已经不见了，眼前是界限模糊的一片黑。在靠近礁岩的地方，辨得出有一条弧形的影，那是被人遗落的龙舟。

这房间里有个仅容得下一人的小浴室。没有门，挂了一个粉色的半透明塑胶帘子。于野将帘子揭开，看见迎面的白瓷砖的墙上，赫然八个黑色大字：

禁止烧炭，违者必究。

浓墨重彩。

于野想起男人看他的眼神，明白了。这几年，来离岛烧炭成了香港年轻人流行的自杀方法。多半是为殉情。于野倏然感到这警告的滑稽，烧炭如果成功了，谁又去追究谁。

不知道这里是不是案发现场，这样想着，他笑了一下。将水龙头打开，热水不错，有些发烫。

于野脱了衣服，冲洗。浴室里摆了浴液，于野挤了些在手上，是廉价的香橙味道。他皱皱眉头，将水开得更大了一些。帘子受了水的击打，雾气缭绕间，颜色陡然变得妖娆，似是而非的桃色。

他关上水龙头，热气散了。镜子里是张苍白的脸，发着虚。

浴室里有一条浴巾，于野没有用。湿淋淋地出来，将衣服铺在床单上，躺在上面，晾干。天花板上有些赤褐色和黄色的痕，大概是因为雨天阴湿，蜿蜒流转。

这时候，于野听见敲门的声音。他没有动弹，声音更急促了一些。他猛然坐起，将浴室里的浴巾扯过来，裹在腰间。打开门，看见精瘦的男人手里举着一把钥匙，说：你落在门上了。后生仔，小心点。他接过钥匙，关上门。

回过头，却看见一个人立在眼前，是那个女孩。

她还穿着晚上的白裙子，头发泛着潮气，披挂在肩头，在灯底下闪着光，仿佛幽黑的海藻。

于野的眼神硬了一下。他走近一步，将女孩揽在怀里。当他使力的时候，女孩挣扎，浴巾落下来。

他用嘴捉她的唇，她偏开脸去。他箍紧了女孩的腰。女孩绵软在他臂弯里，像一匹纤弱轻薄的白色绸缎。这种感觉刺激了他。于野摸索着，要将裙子剥落下来。那裙子却滑腻得捉不住，他一使劲，索性将它撕裂了。

这裙子里，只有一具瓷白的身体。

这身体也是半透明的，颈项间，胸乳，肚脐，甚至私处都看得见隐隐的绿蓝的血管，底下有清冷的液体流动。

于野感觉这身体深处的凉意，在侵蚀自己火热的欲望。

他等不及了。他进入她，在同时间打了一个寒战。这虚空感让于野在匆忙间没着落地抖动，无法停止。

他想起那女人的身体，不是这样的。

暑意褪去的十月夜晚，那身体走进他的房间，将他挟裹，他感到的只有热，砥实的火一样的热。燃烧他，熔化他，将他由男孩锻炼成了男人。

那样的热他只经历过一次，却让他着魔。

他跪在那女人脚边，哀求她。他要她给他，就像她给他咸蛋超人。

女人抚摸自己膨胀起的腹部，摇头，然后轻轻捏他的脸，用激赏的口气说：孩子，好样的，一次就搞出了人命，比你老子强一百倍。

他说他不明白。

女人冷笑：你造出了你爸的另一个继承人，他会抢去你的饭碗。

他回忆着那女人给他的热。在诅咒中，又使了一下力，同时感受着身体冰冷下去。

女孩只是微笑地看着他。他猛醒，想抽身而退，却动弹不得，更深地嵌入进去。仓皇间，他咬紧牙关扇了她一巴掌，他看见明艳的血从她嘴角流出来。这时候，有冰凉的液体滴到他背上。他转过头，看见天花板上，赤色的裂痕间，正充盈着红色的细流。汩汩地，在他头顶积聚成硕大的艳红的水滴。

第二天的清晨，天亮得很早。

阳光照进来，落在年轻男人赤裸的身体上，他神情松弛，脸上还挂着笑意。

沙滩上很热闹，一些人七手八脚地拖动一条龙舟。龙舟神情喜乐，在海潮迭起的背景中，栩栩如生。而瓦砾堆旁边，也聚拢了一些人，遥遥地有一辆警车，开动过来。

渐渐人头攒动，原来，半年前失踪的女孩，骨殖在瓦砾底下被发现，已经腐烂，难以辨别。

女孩白色绸缎衣服的碎片，在阳光底下熠熠生辉。

圣彼得医院里，一个女人临产。女人在凌晨时突然阵痛，被从家里送过来。因为婴儿体形巨大，只好进行剖腹产。手术室外，是忧心如焚的中年男人。他心神不宁地给夜不归宿的儿子打电话，无人接听。

一个钟头过去，传来嘹亮的啼哭声。所有的人松了一口气。

初生的女婴，在众人的注视下，突然间停止了哭泣。她打了一个悠长的呵欠，倏然睁开了眼睛。成人的眼睛，眼锋锐利。

杀鱼

阿金血头血脸地跑过来，我就想，准是东澳的鱼档，又出了事。

这一天响晴，其实天气是有些燥。海风吹过来，都是干结的盐的味道，我站在游渡的一块岩石上，看着阿金跑过来。嘴里不知道喊着什么。

风太大，听不见。

待他跑近了，我才听清楚。他喊的是：佑仔，快跑。

仆街的海风。

我们一路跑。七斗叔刚从邮局里出来，单车还没停稳，哐的一声被撞倒在地上。顾不得扶，接着跑。经过龙婆的虾干。抵死，她永远把虾干晒到人行道上。金灿灿的一片，给我们踩得乱七八糟。龙婆窝在她的酸枝椅里，站起身，中气十足地开始骂街，骂我们有娘养没娘教。

阿金回过头，脚步却没停，喊说：阿婆，我是有奶就是娘，你喂我一口得啦。

龙婆的声音也淹没在风里了。

并不见有人追上来，可我们还在一直跑。跑着跑着，不再听到周围的声响，除了胸腔里粗重的呼吸。也不感到自己在跑，倒好像是经过的东西，在眼前倒退。村公所，康乐中心，士多店，警署。新调来的小巡警，倒退得慢一些。他开着迷你的小警车跟在我们后面。

跑到了没有人的地方，澳北废弃的采石场。

我们瘫在一块大石上，躺下来。

这时，太阳正往海里沉下去。西边天上就是大片大片的火烧云。重重叠叠，红透的云，像是一包包血浆，要滴下来。滴到海里，海就是红的。光也是红透的，染得到处都是。我和阿金一样，成了个血头血脸的人。

整个云澳，是血一样的颜色。

这是我们住的地方。我生下来，就住在这里。

是的，我们村，叫云澳。

它有另外一个名字，叫“东方威尼斯”。

小时候，听青文哥说，威尼斯是个多水的城市，在一个叫意大利的欧洲国家。我就去查地图，这个国家，是在长得像靴子的半岛上。

我想有一天，我要去威尼斯看一看。因为我心里，总是有些不服气。为什么要叫我们“东方威尼斯”，而不叫威尼斯“西方云澳”呢。

阿金喘息着，说：丢，你说，我们就这么躺着多好。最好永远起不来。

我呸他一口，说：大吉利是，你躺你的，躺一世都行，唔好带上我。

唉，你说，阿金用胳膊捣我一下，他卖他的蚝，井水不犯河水，凭什么说我们的蚝仔有毒。

我就知道了刚才我们拼命跑的原因。阿金为了维护尊严又和人干了一仗，没打过人家，落荒而逃。我就说：金哥，你开了个鱼档，倒好像开了个擂台。打遍云澳全敌手。

阿金看我一眼，一拳打在我胸口：兄弟，练这一身的腱子肉，不是用来沟女[①]的。英雄要有用武之地。

丢，什么世道。看我早晚收拾了他。阿金仰着脸，长叹一声，咱们手上得有带火的。

远远望见家里的水寮亮着，知道阿爷还没睡。

阿爷坐在门口，半蹲着，杀鱼。

---

① 粤语，指追求女孩。

我站在他面前，轻轻叫：阿爷。阿爷没抬头，也没应，用脚点一点边上的火水灯。我拎起灯，灯光浅浅射出来，正照着阿爷的脸。影子就拉得老长，折在对面的泥墙上。

自从我跟利先叔拜了码头，阿爷就不和我说话了。

阿爷在杀一尾大头鲔。鱼还是鲜活的，阿爷抄起九寸刀，猛扬起手，刀背重重落在鱼头上。鱼扑腾一下，又一下，就不动了。阿爷踩住鱼头，右手执刀自鱼尾一刮，鱼鳞就落下大半。翻转了鱼身又是一刮，然后刀尖一转挑出鳃，划开鱼肚，掏出鱼鳔和暗红的内脏。利利落落，前后不过一分钟。

阿爷洗了洗手，又用草木灰将刀擦一擦。端起盆走出几步，泼出去，转身回屋去了。留了我一个，看着泡了鱼血的水，在地上蜿蜿蜒蜒，流到脚边来了。空气中就渗出一股浓浓的腥气，散到夜里头了。

说起来，阿爷杀鱼，在我们云澳是一绝。就凭着一柄刀，快，准，干净。打老辈人开始，这技艺就渐渐没落。澳东的渔场，杀鱼都机械化了。可是村里的人，还是来买阿爷杀的鱼。说都是鱼，阿爷杀出来的，特别鲜。

我小时候，阿爷还是在场上杀鱼的。刚起网的鱼，活蹦乱跳。阿爷三两下就收拾了。码上盐，整整齐齐地排在码头上。

十多年前的渔场，还很宽绰。人和船，都没有这么多。阿爷杀累了，就叼着烟斗，坐在马扎上打瞌睡。我依着他。阳光穿过晒满虾干的吊网，星星点点，筛在我们身上，暖融融的。那天，我记得清楚，突然来了群穿得花花绿绿的人，围上来，对着我们拍照。我没拍过照，怕得很，哇地就哭了。阿爷不作声，拎起木桶，蹲到一边去，杀鱼。那些人跟过去，一边看，一边用我不懂的话叽叽喳喳。女人们发出惊叹，闪光灯一阵响。

傍晚，家里就来了个男人。给了一张名片，跟阿爷说，是旅行社的。说刚才一群日本游客，看阿爷杀鱼的技艺，欣赏极了。他们公司正在开发云澳的乡土旅游线，希望能和阿爷合作，请阿爷常驻在渔场表演杀鱼。酬劳比老实卖鱼可丰厚多了，游客多了还能提成。

阿爷不说话，埋着头磨刀，摆摆手。那人还在叽叽咕咕，不肯走。阿爷忽然站起身，扬起九寸刀，唰地飞出去，狠狠钉在了门板上。那人就逃出去了。

这些事，我当时是不懂得的，只是没见阿爷发过这样大的火。阿爷后来讲给我听，阿爷说：人不是马骝，杀鱼也不是杂耍，要演给谁看！

阿爷再也没有去场上杀鱼了。

早上起来，看桌上摆着碟菜脯蛋，还有一碗蚝仔粥。阿爷已经出去了。我知道，今天初六，阿爷去后山祭我阿爸了。我阿爸现在只有两个人祭他，就是我跟阿爷。我六岁的时候，阿爸在海上出了事，一年后阿妈就改了嫁。阿妈要带我走。阿爷不说好，也不说不好，只是执了一柄刀，站在大门口。阿妈放下我，再也没上门。

以往，阿爷去祭阿爸，带上我，在坟上浇上半坛自家酿的粟米酒，然后坐下来，自己喝掉剩下的半坛。也给我饮。我醉了，他就背着我，下山去了。有一次，我趴在阿爷背上，听见阿爷哑着嗓，唱一首我听不懂的歌。唱到一半，不唱了，就听见他小声地哭起来。

那是我唯一一次听到阿爷哭。我就想，我长大了，就好背着阿爷上山看阿爸了。可是，现在阿爷不和我说话了。

我喝了粥，还是眼困，就又去睡了。

朦朦胧胧地，梦到一条鱼。那条鱼围着我打转。身上的鳞片闪得晃眼睛。它游过来，靠近我，蹭一蹭我的身体，滑腻得不得了，又湿又暖。我想摸摸它，它一摆尾，就不见了。

这时候，一只手大力打在我裆上。我疼得一激灵，醒过来，看见阿金的脸，挂着贱笑。

我正要发火。他先躲开一步，说：死衰仔，仲瞓[①]！发紧春啊，扯旗扯到鲗鱼涌了。

我一低头，瞥见自己的下身，脸也红了。我翻过身去，闷一声：去死喇。

---

① 粤语，意为“还睡”。

死阿金又一掌，拍在我屁股上，说：快点起身啦，知你个大头虾不记得，今年杨侯诞，说好给利先叔帮忙的。你冰山阿爷都在场上了。

我这才想起来。一个鲤鱼打挺，套上背心，推着阿金就往门外走。

码头上已经很热闹了。

阿武哥和几个后生，扛着狮头向竹桥走过去。这道桥跨越涌口，连接杨侯庙跟对岸的戏棚和花炮会棚。这竹桥是前些天搭起来的，我也有分帮手。桥代替了茂伯的云水渡。诞日人太多，也怕他两边船来船往忙不过来。这时候正涨潮，桥底的水哗哗响，欢快得很。

我和阿金跑过去，接过其他后生的家什。阿武扫我们一眼，恨恨说：你们两个懒骨头，只会在利先叔跟前扮嘢[①]。

阿金吐一下舌头，说：谁能逃过武哥的火眼金睛。

杨侯庙跟前，已经聚集了许多人。多数的花炮会已经祭拜过了，这会儿正掷杯“抢花炮”。听阿爷说，早些年真的是用抢的，后来跟邻村伤了和气，才改用了抽签和掷杯。算是一年的运势，天注定吧。

舞狮的时候，我格外卖力。说起来，掌狮头的，要有身个儿，要腰力好，还要有股子机灵劲儿。前些年都是青文哥。这

① 粤语，指装模作样。

小子后来出息了，考上了公务员，不和我们这群小孩儿玩了。也是利先叔，一拳擂在我胸口，说阿佑也大个仔了，扛得起狮头。这才轮到了我。

今年坑头村的狮子舞得格外生猛，锣鼓似乎也和我们铆上了劲儿。我不睬他们，步子沉下来。脚底不能乱了阵。我知道，利先叔正盯着呢。这会儿利先叔坐在庙门口，半眯着眼，手里摇着把蒲扇。其实什么都看得清楚。步法走错了，鼓点没跟上慢了半拍了，都休想逃过去。

利先叔五十的人了，没一点老花，目力好过后生仔。他说他少年时，生了眼疾，他阿妈剜了自家猫的一对眼睛，裹在龙眼里喂他。他眼好了，抱着瞎猫的尸首哭。他阿妈一个巴掌扇过去，说：不想被人剜了眼，就先得剜了人的眼。

利先叔不是心硬的人。他跟我们说得最多的，是“以和为贵”。每年杨侯诞，他捐的供奉，也是几条村里最多的。利先叔说，庙立在宝珠潭，可是有风水的讲究。这宝珠，正在大屿的狮山与龙脊水口之处。所谓狮龙争珠多苦厄，是要伤及乡邻的。这杨侯是南宋二帝护主的忠臣。建侯王庙，才可镇住狮龙，碑文上有“庙得宝而显”，不为自家，而在忌惮左右，说到底，只为一个“和”字。如今云澳民安物阜，也正在一个“和”字。

舞狮要靠一把气力，一个钟工夫，汗里外湿了个透。阿金帮我把行头卸下来，悄悄跟我说：我看见你阿爷了。

我拧着身体，踮起脚，看散去的人群。这时候响起了小孩子的哭声。天有些暗下去了。

晚上和伙计们吃围菜，又喝了许多的酒。喝到醉醺醺，阿武说：丢，大头那边，是要有心看我们的好看。他们去年从珠海横琴进的蚝苗，到秋天死了一半。今年改从高栏进。上个月食环署来了人，一查，镉铅都超了标。

阿金愤愤地说：丢老母！谁叫他们贪便宜，怪不得找我们麻烦，是贼喊捉贼。

阿武说：现在他们嘴大，说我们跟外乡人赚不义财。我们把蚝卖给外国人，怎么就是不义财。本地人都去吃美国蚝。难道要我们学那些老人家，守着自己养的蚝臭掉。佑仔，你阿爷是头一个，给他们鼓动坏了，见我们就骂。

我低下了头。

阿金摔了只酒瓶在地上，摇摇晃晃地站起来，说：这帮衰仔，就是欠整治。

话音未及落，一只手猛地打在他后脑壳上。

整治，你要整治谁，整治了他们你就有生意做了？利先叔铁青着脸，不知什么时候进来的。

我们默不作声，看着地上的碎玻璃片。谁也不敢看利先叔。阿金也低着头，牙齿缝里却迸出话：凭什么要受这份窝囊气，拼回去，大不了一个死。

利先叔没再说话，半晌，手搭在了阿金的肩膀上：后生仔，死说说容易。这世上，多少人活都没活够。叔我见过的死人，比你们见过的活人还多。

阿金也没话了。

关于利先叔，有许多传闻。可都不完整，所有人的印象，似乎都是东拼西凑来的。

不知哪一天，他就出现在我们村里。无家口，是一个人，说话带客家腔。对这外姓人，村里人始终不待见。他倒是不夹生，见人说话。陆续又知道，他是流浮山过来的。从他阿爷，家里就养蚝，家里有一亩蚝排。那地方风水好，天水围西边，后海湾畔。因为临近珠江口，有淡水流入，养出的蚝，鲜嫩汁厚。

他说那村里本来风水平静。可就有天晚上，他照旧睡在水寮里。水寮四面透风，寮底下浪赶浪，将暑热气都赶了个干净，凉快。那天，他正睡得迷糊，就听见寮底有碰撞的声音。他以为是浪赶来的海货与杂物，没当一回事。可声音不断，“吭吭”直响，他就从地板的缝隙往下看。这一看，却碰上了另一双眼睛，也直勾勾地看他。他自然吓得一身冷汗。再一看，那眼睛一动不动地瞪着，是张青灰的脸。他一个激灵，叫醒了阿爸。父子两个，蹚着水下到海里去，乘着月光终于看见，水里躺着的，是个死人。

他爸先遮了他的眼。但他还是看清楚，是个淹死的女人，浑身赤条条。利先叔说，那是他第一次看见女人的身体，已经泡得胀鼓鼓的，一对大奶，却摊得像两个面饼。阿爸让他先回寮上去，可又把他喊下来。他下来才见，原来寮底下还有两个人，却是趴在水里，也是一丝不挂，是男的。

他至今不明白。后来他见过很多淹死的人，男的都是脸朝下，女的都是脸朝上的。

他知道他阿爸要他搭把手，父子两个，将尸体拉上了沙滩。他竟然也没有很害怕。

阿爸说，是偷渡的。

这时候月亮更亮了些。他便看见，几具青紫的尸身上，是累累的伤痕。阿爸说：可怜。退潮了，他们游不过来，困在了蚝田里，给蚝壳刮成了这样。

阿爸伸出手，将那女的眼合上。但合上，却又弹开，仍是直愣愣的一双眼。阿爸便说：我应承你。帮你料理后事，不要日晒雨淋。

那眼，再合，居然就闭紧了。

父子两个，就把尸体给埋了。没有报警。

一九七二年，内地还在闹“文革”，闹得许多人都活不下去了。利先叔说，那时候，广东人家都将“督卒”看作唯一的出路。所谓“督卒”，就是从水路偷渡香港。就像是捉棋，是有去无回的。一个家里有一个“较脚[①]”成事的人，就算是幸事。

利先叔说，那是他第一次看见偷渡客。原本流浮山并不是偷渡落脚的地点，只是因为沙头角、梧桐山的陆路、网区，看管得比以往森严了很多。探照灯、岗哨、警犬，都是要人命的。所以，偷渡客才开始从后海湾铤而走险。其实也的确是险着。东西线的水路，风大浪大，也是九死一生。

往后的日子，利先叔便看了太多的死人。淹死的，给鲨鱼吃到缺手断脚的。看多了，心也就木了。

有次，他看到海滩上躺了一个人，一动不动。他大着胆子走过去，见那人躺得直挺挺的，耳朵上架了副眼镜。他就想起，村里教书的先生也有一副。先生是让人尊敬的人，连带他的眼镜，也让孩子们羡慕。他就小心从那人脸上取下来，才看清是个很清秀的年轻人。

他在心里可惜了一下，就回了家。阿爸见他架着副眼镜，问起来。他照实说了。阿爸就一个耳光扇过来，说：捞死人的东西，是最不义。

就带着他，到了海边。那人的尸身还在。阿爸叹口气，将眼镜架到他耳上。却听见一阵响，尸身颤动了一下，接着是猛烈地咳嗽，吐出一口水，醒转过来。是个活生生的青年人。

青年人慌张了一下。阿爸说：别出声，跟我走。就默不

① 指偷渡香港。

作声带着回了家。换了干净衣服，爽净的一个人。利先叔说：那人说的是广州的官话，很好听。说自己是知青，下放了这么多年，也回不了城。心也绝了，才想游水过来。阿爸问他老家有人吗？他苦笑下，摇摇头，说爸妈手牵手跳了楼。再问起香港的人，又摇摇头。阿爸说：后生仔眼下要靠自己了。

天发白的时候，阿爸背着阿妈，塞给青年人一个烟壳。里头有些钱，还有一张路线图。烟壳上写着一个地址。阿爸少年时的老友记，在湾仔开丝厂。

那青年人离开，远远在山脚下，对阿爸跪下来，磕了一个头。

我们问过这年轻人的下落。利先叔笑一笑，说：算是不错了。我们问起怎么不错。他停一停，说了一个名字。我们都吃了一惊。这个长年在报纸上出现的老富豪，戴着眼镜，不苟言笑，很难和利先叔口中的年轻人联系起来。

阿金很兴奋，问他来探过你们未？利先叔说，第二年，我阿爸就肺炎过身了，也没见过他了。

他兴许来过吧。整条村动迁，他也找不到我们了。

对于利先叔为什么只身一人，从流浮山来到云澳，还是没人知道。只知道原先他在恒安伯的渔场帮手，后来买下了一个养殖场，种蚝。利先叔是村里第一个引进“筏式吊养”的洋法子养蚝的人。以往村里的人，除了圈海采野蚝。了不起了，就是“插竹”放蚝排，已经算是顶顶先进了。那天利先叔买的设备运过来，多少人都去看。看的时候兴高采烈，看后却都骂，说什么机械化，就是给蚝仔坐监，将蚝当鸡喂。这样养出的蚝仔，不知味道多寡淡。老辈人干脆说，这个外乡人，是成心要破坏云澳的风水，真是没阴功。

可是，到了冬至，收蚝的人来了，利先叔又出了风头。他养出的蚝量大，又肥又鲜。粉少，蚝品又是上乘。“本土派”们辛苦一年出的货，倒是少人理会，时时拍乌蝇[①]，骂利先的人便更多起来。我阿爷就是一个，说这个人忘本，总归不得长久。可我问他利先叔怎么忘本，他又说不出，就是念叨我们张家，是张保仔的后代。若不是祖先给清廷招了安，现在还纵横海上，惩恶济民呢。这一段，我都听出了茧子来。也不知道老祖宗和利先叔，怎么就水见到火了。

又过了些时候，就传来了风声。说利先叔扩大了蚝场的规模，以往请的工人不够了。问村上的年轻人要不要跟他一起干。这一年，武哥、阿金和我，都上到了中五。我们不是青文哥，没有他的好脑筋。读书不说是受罪，也是晒时间[②]。我们三个一合计，觉得这外乡人没坑我们。中环在闹金融风暴，大学生都找不到工。这么高的工资，谁要跟钱过不去。我们就击掌

---

① 粤语，指生意惨淡，闲着没事，只好拍苍蝇。

② 粤语，指浪费时间。

为誓，到他那边去上工。家里人，能瞒几天是几天。

可是哪里瞒得住。阿爷三天后就知道了，执了一柄刀，在蚝场截住了我。

利先叔以为他要动粗，就挡在前面，说：阿伯，有话好好说，到底是自家孩子。

阿爷闭一下眼，不望他，说：我同我孙子讲嘢，外人起开。

阿爷扔了一条大眼鲷在我跟前：佑仔，我给你一个字[①]，你把这条鱼给我杀干净。你收拾利落了，由得你跟这外乡人干什么。

九寸刀也掉在我面前，哐当一声响。

我捡起刀，心里慌慌的。说起来，吃了快二十年的鱼，这杀鱼刀，没碰过几次。有阿爷在，何曾轮到我动手。

我让自己静下来，脑子里过一遍阿爷的手势。心一横，就下了刀去。去鳞，劈肚，放血，清鳃。依次下来，竟也有模有样。眼看一条鱼在我手里渐渐干净了。我心里装着一个字，到最后有些走神。采鱼胆的时候，手一抖，割破了。绿色的胆汁溅出来，溅到我脸上。有一滴渗进嘴角，苦得很。

我不敢抬头。

阿爷说：杀条鱼，你看到的是一个字，心里要装着一个

---

① 粤语，指五分钟。

钟[①]。

阿爷站着不动，等我跟他走。我起身，停一停，却匿到利先叔身后去了。

利先叔张一张嘴。阿爷手一抬，止住他，弯腰捡起刀，转身就走了。

我看着他越走越远。在落下的太阳里头，阿爷的身形有点佝偻了。

我知道，阿爷看我舞狮子了。可这会儿他在哪儿呢。

阿金拍了我下肩膀，我才回过神。他说：走，看夜戏去。利先叔捐了三台戏，要唱到天亮呢。

戏棚里很热闹。村里的人，难得聚得这么齐。台上是个很老的小生，正咿咿呀呀。这一出《追鱼之仙凡配》，是阿爷最爱看的。我这么想着，禁不住东张西望。没看到阿爷，倒看见了一张熟悉的脸，是秀屏。

看见她，我心里动了一下。秀屏是我中学同学，同班，一直到中三。后来，她跟她爸妈搬到荃湾去了，再后来听说考上了城大。要说我们村里，出了文青这个状元，那秀屏就是女秀才了。秀屏又好看了些。那时候，她就和村里其他叽叽喳喳的细路女不一样，像个大家姐。有次正上着课，我一错眼看见她。在阳光里头，见到她脸上有一些很细很细的绒毛，是金色

① 粤语，指一小时。

的。

不知道这些绒毛，还在不在呢？

阿金看我呆呆地望，就也望过去，扑哧一声笑了，说：看老相好呢。说完拿腔捏调地唱：翩跹裙前蝶，同窗访妆前，今朝践旧约……我叹口气，想想《楼台会》里的梁山伯，命是不好，但遇到祝英台，运倒是不差的。

哎，阿金的声音突然变得很诡异，他凑到我耳边，说，你看她的屁股，比以前大了这么多，不知给多少九龙仔弄过了。

够了。我压低嗓门，还是吼了出来。

这一声惊扰了四周的人。秀屏也回过头来，眼光碰了我一下，就又转过去。她好像已经不认识我了。阿金对着她的方向做了个鬼脸。围在她身边的，是些村里的女仔，立即很厌恶地也偏过头去。有一个还扭动了一下。

阿金愤愤起来，说：丢老母。这群鸡货这会儿也变成了贞洁烈女，扮嘢啊。金爷我还看不上她们呢。

我低着头，脑袋里一阵空。阿金还在耳边絮叨：打炮都懒得理这一群，大口村那边的女人，花点钱，个个风骚过她们喇。见我不出声，阿金用胳膊肘捣我一下：佑仔，你还是只童子鸡吧，丢死人。改天哥哥带你去开眼界。

我奋力拨开人群，挤了出去。

回到家，房里传出轻微的鼾声。阿爷已经睡着了。

我冲了凉，走出门，坐下来。

今天的月亮很好。阿爷晒在外面的咸鱼，排得整整齐齐，闪着粼粼的银光。海上还有渔火。远处听得见戏台上的锣鼓声，却盖不住再远些，哗啦哗啦一道一道慢慢地响。那是退潮的声音。

云澳的声音。

第二天，我帮利先叔放蚝排，闷不作声地做了半日，利先叔拍拍我的肩，说：歇一歇。

我们坐在船头。他点上一支烟，又递给我一根。

佑仔。利先叔说，你阿爷还在恨我吧？

我笑一笑，摇摇头。

你阿爷恨我，你可不能恨阿爷。他说。

太阳偏西了。我看到水里有些暗影子浮上来，游来游去。是沙虫。

利先叔使劲抽了一口烟，把烟头掐灭了，然后对我说：老人家有老人家的对。

这时候，我看到远远地有辆车，在码头停下来。

车上走下来一些人，男男女女，都是城里的打扮。这些人在前面走，车在后面缓缓地跟着。

他们在我们蚝场停下来。一个戴渔夫帽的矮胖男人和身边的大个子耳语了一下。那大个儿就走过来，问我们村公所怎么走。

正当我们指指画画时，车门打开了，又下来一个人，是个女人。她将自己裹得很严实，戴着头巾，脸上架着一副大大的太阳镜，好像怕晒得很。矮胖男人对她招招手。她走过去。矮胖突然伸出手，在她屁股上抚弄了一下。她将那手打掉，躲开了。矮胖大张着嘴，我几乎听见他放肆的笑声。

女人四处张望了一下，也走过来。她在我面前站住，将太阳镜抬起来。我看见，这其实是一张年轻的脸，化了很浓的妆，很美，似乎在哪里见过，但又说不清楚。

她说：靓仔，你们这儿可真热。

说完，她将太阳镜又戴上了。嘴唇扬起来，对我笑了一下。

他们的车，远远地开走了。

夜里，我又梦见了那条鱼。依然是滑腻腻的，还有些温热。围着我，游动。从我的肘弯，和腿中间穿过。我伸出手去，却抓不住。它的硕大鱼鳞，一张一合，我看到鳞片下粉色的血肉。我用手指碰了一下，很软很黏。突然这鱼鳞闭上了，把我的手指吸进去，然后是胳膊，头和整个身体。我的身体被这血肉紧紧裹住，越裹越紧，一动也动不了。在这时候，我看见了那鱼的瞳仁里，有一张脸，是白天那个女人。

一阵战栗。

我醒过来，看一看自己，一些黏浊的东西在流动。我突然觉得鼻子一阵酸，不知道为什么。

冲凉，看着天已经发了白。远处有只鸟，很难听地叫了一声。

正午的时候，利先叔给我们放了假。

我们答应了家里，找天去澳北采野蚝。这也是我们云澳人一年一度的乐趣吧。阿武、阿金和我到了海边的时候。六仔和那群半大小子，已经在水里忙活了。

我们三个，换了游泳裤下了水。见六仔他们一个个精赤条条。海边的孩子，从小就没什么规矩禁忌。我们几年前也这样。家里怕蚝壳将裤子刮烂了，为了不挨打，干脆脱个干净。现在，人大了，到底不好意思。

六仔们的收获已经不错。有几个上了岸，光着屁股，蹲在岩石上敲蚝壳。说是半大小子，其实也已经读到了中二中三。生得成熟些的，腿间已经有了稀疏的毛。他们在岸上追追打打。阿武有些看不过眼，皱一皱眉，说：阿水，大个仔了，该要知丑了。

阿金便跟着起哄：光屁股溜溜，小心给蚝夹了鸡巴。

我正想阿金真是不改嘴贱的本色。谁知阿水却站定了，对我们一挺下身，前后耸动，挤眉弄眼地冲着我们喊：蚝我不要，我倒是中意让鲍鱼夹一夹。

水下水上，就哈哈哈哈笑成了一片。

突然间，我看见岸上的人止住了笑。一阵风地，七手八脚，仓皇地躲到了岩石后头。

我正发着愣，听见阿金在耳边轻轻说：鲍鱼来了。

就看见远远走过来了一群人，走在前面的是两个女人。一个为另一个打着遮阳伞。

被遮挡的人，穿着件宽大的衬衫。她用手搭起凉棚，朝我们的方向望一望，然后回头对其他人说了句什么。

我看见了一个矮胖的身形，知道正是昨天傍晚看到的那群人。他边上的大个子扛着一架摄像机，脸上有些不耐烦的神色，催促后面的人。后头的人抬着像是话筒的东西，但要大得多，裹着毛茸茸的套子，像是狐狸的尾巴。

他们在海滩上停下，忙活起来。

女人取下了太阳镜。阿武“啊”了一声，说：展羽凤啊。我这才回忆起，怪不得昨天看得眼熟。这张脸，正是去年HTV的剧集《四大名捕》里的，展昭的妹妹展羽凤。当时看的时候，觉得挺别扭。小时候就看《包公案》，从来不知道御猫展昭打哪儿冒出个妹妹。而且，还和张龙有了一段感情戏。不过这个女演员的古装扮相真是美，让人忘都忘不掉。想起来了，是个落选港姐，叫余宛盈。

余宛盈懒懒地左右伸动手臂，将衬衫脱了。一时间，我们都屏住了呼吸，原来她里面只穿了艳红的比基尼。身体十分白，白过我们村上所有的女人。比基尼好像一团在雪上燃烧的火。

至少C Cup啊。阿金在胸前比画了一下。同时冲着岸上吹了个响亮的口哨。

刚才撑伞的女人，就皱了一下眉头，问矮胖男人：导演，使唔使清场？

余宛盈就咯咯笑起来，说：不用了，不就拍几个镜头吗？

导演就手一挥：听阿盈的，让这些后生仔开开眼。

知道是拍戏，大家都来了兴味。刚才的光屁股小子，有些已悄悄潜回到水里。没来得及的，只有猫在岩石后头看。

也不知道是要拍什么，余宛盈倒是不紧不慢，拿出一管防晒霜，在身上涂。涂了臂膀，涂大腿，小腿。最后挤了些在胸口，轻轻地匀开。

我听见阿金咽了下口水。

这时候听见导演吼起来：Remond跑到哪儿去了。不是又躲在车里吸粉吧？阿Sam，去找他。整个组都在等他一个。

大个儿有些不情愿，但还是转身去找这个叫Remond的人。

过了大约五分钟，才看见一个高大的男人，摇晃着走过来。男人的样貌很好看，但表情实在是有些颓丧，好像没睡醒，被人硬从床上扯起来一样。这给他的英俊减了很多分。

我们也认出他了。香港的娱乐杂志，是个无孔不入的东西。我们这些偏远的地方，也从来不会放过。这家伙上过周刊的封面，在封面上也是一样抑郁的表情。往日他是HTV一个很红的小生。后来听说和澳门一个富商的三姨太勾搭上了。富商说要斩他，他就和那个女人跑到澳洲去，做了三个月的亡命鸳鸯。本港人就说，难得他们好像是有点真爱的。不过呢，后来这个姨太太却背着他，向富商妥协了。还在电视台发表了声明。他落得个人财两空。再后来，八卦周刊又爆出姨太太怀孕了，老富商将有第一个子嗣。港人就很兴奋，究竟六十多岁的富商有没有能力搞出一个孩子，还是本来就有阴谋。这个倒霉蛋，很快就被爆出在家里藏毒。声誉雪上加霜，已经好久没在HTV里出现了。今天在这儿见到他，连我们都有些意外。

导演并不抬头，甚至没有正眼看他。只是淡淡地说：怎么还没换衫？

一个助理模样的人，拎了包，带他去岩石后头换衣服。他再出来的时候，身上只有条泳裤。平心而论，他的身形还是很不错的，应该经常去健身房吧。肤色竟然和我们一样是黝黑的，看来十分健康。后来我才知道，想要这样的肤色，有一种叫太阳灯的东西。城里人照上个十几分钟，顶得上我们在蚝田里辛苦上成个中午。

余宛盈将一个本子递给他，说：阿Ray，俾点心机[①]。

男人道谢，接过本子，轻轻应一声。

他们两个面对面，说着话，比画手势。声音太小，听不见说什么。我猜是在对台词吧。

导演猛然站起来，从他手中抽出剧本，在他头上狠狠打一记，说：收起你的哭丧脸，又未死老母。今次俾机会你，你唔好连累其他人。

男人低下头，从地上捡起剧本。

各方就位。

导演大喊一声“开麦拉[②]”。

Remond牵着余宛盈的手，从远处走过来，在海滩上坐下。沙子给太阳晒了一下午，应该还很烫。我看到余宛盈颤了一下。

Remond执起余宛盈的手，放在腮边，说：阿玲。

余宛盈顺势倒在他怀里，说：阿轩，这样和你在一起，真的很幸福。

Remond说：你信不信，我可以给你更多的幸福。

余宛盈立即坐起来，说：不要再说这样的话了。我们不是挺好的吗？你不能放弃我姐姐，也不能放弃你阿爸一手创建

---

① 粤语，指认真一点。

② Camera的音译，也有开机、开拍的意思。

的企业。

Remond沉默，突然狠狠地抱住她的肩膀说：为了你，为什么不能？

阿金讪笑了一下，说：都廿一世纪了，还用这种“屎桥[①]”。

接下来就是两个人的争执，很无趣。但就在这么无趣的争执里，Remond扮的这个叫作“阿轩”的阔少，似乎不在状态，不停地说错台词。导演渐渐在“Action！”和“Cut！”的不断重复中，失去了耐心。

但我们都在这争执中，看到了被Remond粗暴的动作挤压，余宛盈的胸部鼓突变形，好像要从bra里弹出来。

我听见身后的喘息声。转过身去，阿水正在水里动作着，拧动眉头，突然浑身一阵抖。待阿金看明白了，一脚朝他踹过去：死衰仔，打飞机啊。仆街喇，哥哥们还没怎样呢，就轮到你？

Remond再次说错了台词。余宛盈叹了口气，抬起手在耳边扇了两下。

导演很火了，对他们吼：还想不想收工？

旁边的助理，将冰好的毛巾放在他额上，说：陈Sir，时

① 粤语，指馊主意。

间不早了。不如先把重头戏拍了。太阳落山前，能补几个镜头，就尽下人事。实在不行只好用蓝幕做后期啦。

导演静一静，说：也好。要不是贪个靓景，这鬼地方我是不要来的。连个车都不通，走了半天才进来。

我们几乎要散了，可听到了重头戏，想想就又留下来。

Remond仔，精神点。导演放大了声量，这场你有招数[①]。

男人回过头，虚弱地对导演笑一笑。

重头戏接上了刚才争执的一幕。看起来是由冷战开始的。两个人不说话，余宛盈低着头，用脚拨着沙子。

突然，男人转过身，一下抱住了余宛盈。同时捉住她的嘴唇，深深地吻她。这一幕太快，我们有些目瞪口呆。

两具身体缠在一起。摩擦，抚摸。虽然是做戏，但似乎两个人都投入了进去。连四周的人，都敛声屏气。

这时候，夕阳的光打在他们身上。两个人就成了金色的了。漂亮的身体，好像快要融化在了一起。

男人忽然一抬胯，压住了女人，然后伸出手，探进了她的红色bra。女人挣扎着，喘息中也抽出了胳膊，扬手给了他一记耳光。

男人被打蒙了，摸摸自己的脸，愣愣地看她。

---

① 粤语，指捞到便宜。

Cut！导演使劲摇摇头。

阿盈，没吃中饭吗？这一下是给他挠痒痒？记住，这时候的你，百感交集。你发现你深爱的男人，到头来不过是贪恋你的肉体。OK，找找这种感觉。你是一朵高贵的樱花，一脚被人踩到了烂泥里。

我，不会演樱花。余宛盈懒懒地应他，同时用手搔了搔头发。

那，泼妇你总会演吧？导演激动地扬一下手，喊起来：打过去，大力点！

两具身体又开始纠缠，一只手伸进了红色bra。

啪！

这一下打得实在很用力。我们都听得一清二楚。

男人身体晃荡了一下，但没有摸脸的动作。我们都看到，他晃了一下，趴倒在了余宛盈的身上。

余宛盈推了推他，忽然惊叫。

这个叫Remond的男人，竟然在这个关键时候，昏过去了，因为中暑。

大个儿和助理将他抬到了阴凉地，敷冰袋，使劲掐他人中。但他还是没有醒过来。

导演愤愤地又站起来：诸事不顺。快点儿，给这个衰仔

Call白车[1]啦。

太阳一点一点西沉下去。助理也有点紧张了，她问导演：还拍不拍？

导演一边揉太阳穴，一边狠狠吐了口痰在脚底下，喊道：拍？人都仆咗街了，仲拍乜鬼？

拍，为什么不拍？余宛盈整一整已经移了位的比基尼，站了起来。

她说：大不了找个人顶一下。

导演还在气头上，听她这么说，更有些恼火：这些男人，个个都想同你拍。可是有一个生得似样的吗？你倒是挑一个出来。

余宛盈环顾一下，眼光突然停住，落在我身上。

找这个细路哥顶一下。她说：他身形样貌都和阿Ray好似。

我吃了一惊，僵在原地。脚底下的沙子，突然间变得滚烫。伙伴们也吃了一惊，看看我，又看看余宛盈。

导演皱一下眉头，上下打量我，然后说：是有几分似。不过我们可是拍的限制级镜头。后生仔，你满十八岁了哦？

我呆在一边。

余宛盈走到我跟前，眼角向上挑一下，说：导演问你话呢，细路，你满十八岁了？

---

① 粤语，指救护车。

我在慌乱中点了点头。她的脸贴得很近，我感到了她说话时的气息，有些甜腻。

导演还在犹豫。

天色又暗了些。助理走过来，跟导演说阿Ray看来今天是醒不来了。这孩子行为能自主了，他要是没意见，就拍个借位。

导演说：盈女，等会儿重拍摸你的镜头，怕不怕蚀底[1]？

余宛盈浅浅一笑：拍啦。为艺术献身，好抵得[2]。再说里面有胸贴。

导演脸色也舒展开了，竖起大拇指：豪气，好敬业。我没有疼错你，来年金像奖是你的。

他们给的泳裤很紧，穿得不舒服。我有些害羞，不自觉地抱起膀子。助理带了个女人形的男人过来。打开一只箱子，里面花花绿绿一片。他拿起一把刷子，在我胸前扑粉。粉的气味怪异，我鼻子一痒，狠狠打了个喷嚏。我问：你干什么。

他不理会我，继续扑粉，说：别动，化妆，造阴影，让你看上去更man更大只。

导演过来，看看我，点点头。然后俯在我耳边，说：后生仔，有没有搞过女人？

---

① 粤语，指走光。

② 粤语，指值得。

我一惊，耳根不由自主地发起热来。

他拍拍我的肩膀，诡笑：不怕，Ray哥是情场老手，你就有样学样啦。

余宛盈就在我面前，这么近。

我身后是摄影机。导演说：开麦拉。

我一动不动，背上渗出细密的汗，一点一点地汇集，流下来。

余宛盈的唇是血红色，轻轻张开。我听见她说：抱住我。

我伸出胳膊，手在空中停住了。

一只手牵过我的手，慢慢地，落在她的腰上。那是一块滑腻的皮肤。我的手指颤抖了一下，恍惚中，想起了梦中那条鱼。

用力。她说。

我终于抱住了这个女人，这样柔软。我周身的肌肉连同身体的一部分膨胀、坚硬起来。我感到自己胸口有些憋闷。

这个女人扭动身体，鱼一样，在我怀里挣扎一下，但其实把我缠得更紧。

她的唇摩擦着我的耳垂，轻轻地。她说：探进来。

我犹豫了一下。她说：别怕。

我的手慢慢伸进了她的bra。

啪！脸一阵火烧。我知道，结束了。

我捂住脸，镜头定格。

导演哈哈大笑。

好小子，一次过。估唔到这么入戏。拍咸片的好材料啊，哈哈。

余宛盈站起来，扫我一眼，眼光有些冷。她说：可算是收工了。

我坐在沙地上，看着她的背影。沙子还很烫。太阳的光已经暗了，她的bra变成紫红色了。

我穿好衣服。那个女助理走过来，递给我一个信封。没说话，对我笑一笑。

他们走远了。间或传来导演骂骂咧咧的声音，也渐渐听不见了。

发什么呆。我转过头，看见阿金不怀好意的脸。趁我不注意，他从我手里抽过信封。打开一抖，一张棕黄色的纸掉了出来。

阿金愣了一下，说：好抵。一巴掌五百块。

夜里，我以为我会做梦。因为我想，我应该要梦见那条鱼。

但是我没有，我没有睡着。

我从来都想，“失眠”这个词，只属于那些精细的城里人。

他们总有千奇百怪的原因，让自己睡不着。

这一天夜里，也分外安静。连海浪的声音，都没有。村里的人，都睡着了。云澳睡着了。

我是在一阵手机铃声中醒来的。

是阿武的电话。阿武的声音有些小心翼翼。他说，是你阿爷要你过来。

我赶到龙婆家的时候，屋里已经来了不少人。

难得村里的老少聚集在一起，在这样小的屋子里。我看到阿爷，默不作声地站在屋角。他的脸有些发木，头上却闪着时隐时现的光斑。龙婆的屋子太老旧，修修补补了几十年。阴天漏雨，晴天漏阳光。

我挤进屋子里，到了阿爷跟前，唤他一声，他也没睬我。这屋里的空气不太好。很重的湿霉气，还混着中药和不新鲜的虾干味道，一股一股地冲鼻子。

人们都没有说话，屋里只有一个声音，是龙婆在哭。

龙婆在哭，窝在她的酸枝椅上，佝偻着身体，人更显得瘦小。这时候，有人叹了口气，是村公所的永和叔。这一声，引得龙婆的哭声突然大了音量。

永和，我是看着你长大的。你应承过我，村公所要给我送终的。龙婆抬起脸，眼睛却看着一个不知道的方向：他们要拆我的房。要我无遮头瓦，死了变作孤魂野鬼，去到海上喂鱼。

永和叔垂着头，忽然开声，却爆了一句粗口，说：这条村，我们上下住了几百年。要我们搬，前代人的祖坟要不要一起掘走。唔通要老小都断了根？我看政府也不见得站在他们一边。人都讲个道理，阿婆，去年生果金的事，不是算倾妥帖了吗？

龙婆止住了哭，茫然地看我们一眼，眼神突然锐利了。她满脸的皱纹纠结起来，愤愤地说：我知道，他们是欺负我孤寡……

永和叔连忙劝她：谁说非要开枝散叶才算是有儿女，我们村的孩子，阿武、佑仔、大头，个个都是你的孙。

阿爷一把将我推到龙婆跟前，说：龙秀，你男人和我是本家兄弟。有人敢动你，张家的子弟，若是不拼出命来护你，就莫要怪我不让进家门。这几年，村上给外姓人唱衰了风水，带坏了子弟。我们怕是将来棺材地都留不住了。

龙婆擤了把鼻涕，狠狠甩到地上。她支着身体，颤巍巍地从椅子上站了起来，用拐杖一顿地，说：我不要什么棺材，谁要拆我的屋，我就一把烧了干净。这屋子就是我的棺材。

激愤中，永和叔一面跟着骂，一面温言软语平息众怒。阿金扯了我一下，使了个眼色，我趁着闹腾就跟他出去了。

我们都看见，利先叔站在不远处。太阳正烈，他的脸被晒得发红。看见我们，他将手里的烟掷在地上，用脚碾了碾，转身走了。

阿金说：看来迟早要干一仗。上个月来了几个人，在村里东睥西望，带了仪器来，量了大半日，我就知道事情不好了。

屋子传来些嘈杂的声音。额头流下汗来，慢慢渗到眼睛里，一阵辣。我擦一把，自言自语：究竟搞乜水？

听说是要在这儿弄个水上度假村，图纸都弄出来了。澳北那儿，阿金眯了眯眼，好像在看海市蜃楼，以后就是个五星级酒店。

那蚝场怎么办？我脱口而出。

蚝场？阿金搔搔脑袋，也没言语了。

过了半晌，他说：漫说是蚝场，大概整条村都快要没了。大吉利是，统统搬到元朗的居屋去，到时候买卖，还得自己补地价。

那也不是他们说了算的。我不自觉引用起永和叔的话。

阿金冷笑了一声，说：谁说了算？钱说了算！龙婆现在是哭天抢地，开给她的补偿金一百万，往后看加到了两百万她还哭不哭。

我回头看看那黑黢黢的屋瓦，上面爬满了茑萝和金银花。还有一个朽到发了黑的南瓜，是去年结的吧。我叹口气，说：龙婆的房子是祖宅，她男人留下的念想，到底舍不得。

念想？阿金念了念这两个字，说，要说念想，成条村都是念想。龙婆两间屋，按政府的话，有一间还是僭建物[1]。倒是值了一百万，为什么，还不是因为孤零零地建在了村口。要开发一期，就得先搞掂她，由得她坐地起价。

我有些吃惊地看了看阿金，我们整天混在一起，他怎么知道得这么多。

我突然有些烦躁，也不知为什么。我脱了背心，在身上胡乱擦了擦，对阿金说：我去冲个凉。

我来到了澳北。

火烧云又泛起来了，满天都是，血一样。

海滩上坐着一个人。我犹豫了一下，还是走过去了。

余宛盈抬起头，看我一眼，拍了拍身边，让我坐下。

快走了，再来看看，往后也看不到了。她抱着膝，看着海的方向，不知道是在对谁说。

我坐下来，轻轻说：我也来看看，是快看不到了。

她转过头定定地看我。我掬起一捧沙子，沙子从手指缝中间流下去。

她郑重地对我伸出右手，说：我叫余宛盈。

我笑了。余宛盈不是昨天的余宛盈。她穿着宽落落的布衬衫，头上扎起了一个马尾。爽利利的，像去年来村里写生的大学生。

---

① 指违法建筑物。

我说：我知道你。我看过你演的展羽凤。

她也笑了，问：我演得好么？

我点点头，说：好。

她说：我也觉得好。那是我唯一没靠男人得来的角色。

我一时语塞。她倒轻松松地撩一下头发，问我：你叫什么？

我说：阿佑，张天佑。

张天佑。她重复了一遍，说，有点土气。

我低下头，说：是上苍庇佑的"佑"，阿爷说，我无爹无娘，只有依天靠地。

上帝保佑的"佑"。余宛盈从胸口掏出一个银亮的十字架，说：挺好的名字。

我们没再说话，就这么坐着。

火烧云越来越浓了，红的变成紫的，紫得发乌，渐渐变成猪肝色，不好看了。

我听到了抽泣的声音。

我转过脸，看见余宛盈眼睛愣愣的，只管让眼泪流下来。

借我个肩膀。她说。

什么？

借个肩膀，让我靠一下。她没有抬起头，好像在对着海说话。

我朝着她身边挪了一下。

她把头靠上来。过了一会儿，突然笑了。我吓了一跳。

她说：你，还没长成呢，都是些骨头。男人的肩膀，应该是又厚又实在，才让女人觉得可靠。

我知道，我就是个替身。我也笑了，一张口冒出这句话。

她沉默了。头从我肩膀上慢慢抬起来。

我，我是说昨天的事。我想解释一下，但说出来，才觉得自己的蠢。

她将脚插进沙子里，揉搓了几下，轻轻问：想拍戏么？

我还没回过神，她的脚很好看，像一对白饭鱼。

我是说，不做替身，演你自己。她看着我的眼睛，灼灼地。

我躲过她的目光，自嘲地笑一下：我能演什么？吃喝拉撒睡，是人都会。

有别人不会的么？她问。

我想一想，说：杀鱼。

隔天的中午，大头跑到蚝场来了。

我们都有些意外。阿武上下打量他，说：头哥，稀客啊。

大头气喘吁吁，说：你以为我想来？龙婆，他们要拆龙婆的房了。

我停下手里的活，说：你说谁，谁要拆？

房地产公司找了一帮狠角色来，在往外扔龙婆的东西。我们几个人手不够对付，分头去拉人。快，要去的话带上家伙。

阿武拈起把蚝刀，在布上一擦，说：丢老母，当我们云澳人是鸡仔。阿佑，走。

我看一眼阿金。他低着头，好像什么也没听见。大头说：金哥，我们的恩怨，回头算。这可是成条村的事情。

阿金沉下脸：你现在知道说成条村了，带马仔斩我那阵儿怎么不说。一个钉子户，不值得老子去搏命。他使了一下劲，手中的蚝壳裂开了，啪的一声脆响。

阿武瞪他一眼，推我一把说：走。

村口的晒家寮被风吹了又吹，阵阵海味传过来。天闷气得很，蜻蜓贴着海皮飞来飞去。

恒安伯弓着身，正忙着用塑料布遮盖他晒在场上的海蜇和鱿鱼干。看见我们，遥遥地喊：后生仔，要到哪里去？

我们没有睬他。我们望见龙婆家门口，果然聚了不少人。龙婆的酸枝椅，倒在了地上，一条腿已经折了。

有人正往外搬东西，有人站在屋顶上，将黑黢黢的屋瓦掀了下来。龙婆倚着墙，呆呆站在一边。看到一个胳膊上文了龙的男人，抱了她陈年的虾酱坛子出来，她突然冲了过去，同他争抢。男人任凭她撕扯，未松手。我们看到龙婆抓住他的手臂，狠狠咬下去。男人一撒手，坛子掉在地上，一声闷响。

黏腻的虾酱慢慢流出来，泛着紫红色的泡沫。龙婆跪在地上，捧起虾酱，一把一把地装到了破坛子里。

男人捂着胳膊，脚踢过去，这回坛子完全碎了。

阿武一捏拳头，说：丢，还愣着干什么？他跑过去，一拳揍到男人的鼻子上。男人趔趄了一下。我们看到有血从他鼻子里淌下来，好像一条红蚯蚓。男人吼一声，冲向阿武，拳脚相加。

大头抱住一个胖子，对我大声喊说：佑仔，上房。我飞快地爬到屋顶上，把房上正掀瓦的小个子扯下来，摁在墙根里，大力地将拳头擂下去。

一场混战。诅咒的声音，哭喊声，家伙撞击的声音混成了一片。我眼前渐渐有些模糊，可是还听得见，也闻得见。

好大的腥咸味，是虾酱的味道，还是血味，从嘴角渗了进去。我使劲吐了口唾沫，带出一颗沾满血的牙。

我不顾一切地投入了这场战斗。我不知道为什么，我只是觉得心里发堵。钻心的疼，我知道肩膀上被人斩了刀，阵阵温热。我流了泪，突然觉得十分痛快。

别打了。我听到阿武的声音。我转过头，看见阿武表情扭曲的脸。我顺着他的眼光望过去。看见龙婆，正举着一只塑胶桶，往自己身上泼水。龙婆一边泼水，一边唱。我听出来，唱的是《百里奚会妻》：百里奚，五羊皮。昔之日，君行而我啼……龙婆哑着嗓子，唱得又哭又笑。

这时候，我才闻见一阵刺鼻的气味。心里一惊，龙婆泼的不是水，是汽油。

龙婆从围裙里掏出一盒火柴。

文身男这时候也慌了，他脑袋还被阿武夹在肘弯里，歪着脖子喊：婆婆，你唔好将件事搞大咗。我们也是混口饭吃，不想出人命。

龙婆打开火柴盒，取出一根，说：我当着你们的面死，我死鬼男人也看得见。

文身男一边挣扎，一边嚷：你要索命，冤有头，债有主。给你开价的是林耀庆，要不是他，谁稀罕你这两间破屋。

天突然暗了下来，变了姜黄的颜色。轰地响过一个炸雷。

龙婆手里的火柴掉到了地上。

我肩膀一颤，懈了劲。

被我摁倒在地上的人一个翻身，我的后脑勺发出沉闷的声音，眼前黑了。我抬一抬胳膊，什么也没抓住。

我睁开眼睛，看到的人，是阿爷。

阿爷在笑。

我老张家的后代，有种。阿爷扭过头，对诊所的护士说。

护士打开窗子，海风吹进来了，腥咸腥咸的。

阿爷。我说，我想学杀鱼。

七月尾的时候，永和叔带了阿武我们几个去了中环。我们等在一个形状像是海螺的大厦门口。我们头上缠着白布条，牵了横幅，上面用红油漆写着“无良地产开发商，政府大石压死蟹”。

我们站了一下午，来来往往的，没有人睬我们。有人偶尔瞥我们一眼，我们赶紧举起拳头，喊出一句口号。那人木着脸，低下头，又走开了。

九月头的时候，传来了消息，说汉原集团取消了开发云澳的计划。村里老辈人说，精诚所至，金石为开。有钱人也是人。

我不知道。但那天，我们并没有等到那个老富豪。

十二月的时候，余宛盈的新片子上映了。圣诞档。

阿武，阿金，大头，要我请客去看。因为里头有我和余宛盈的激情戏码。

但他们都很失望，因为那段戏给删掉了。

在男女主角吃大排档的镜头里，我看到不远处有一个背影。他抬起刀，三两下，利落落地把一条大头鲔收拾了。

胳膊上一道红，是鱼的血溅出来。

那是我。

退潮

她是个懒人。

但似乎又不尽然。

或者说，她是个疏于思考的人。同时，她又是个勤劳的行动主义者。这一点，表现在她的墨守成规。

她住在港岛，每次去罗湖，她总是先乘103路大巴，然后在红墈转东铁。103的线路冗长，从港岛区悠然地兜一个大圈子，然后在维多利亚公园才转回了头，向着北方慢慢挪动过来。很少有香港人会选择这条线路，在时间的观念上，他们没有富裕的时候。这条线对他们来说是一个圈套，是一把良弓上疲软的弦。

而她坚持了下来，因为第一次，她就是这样走的。后来东铁线延长到了尖东。原本她可以改乘973到尖东。但是她没有兴趣，还是把一个小时消耗在103上。她四十多岁了。她感到她和这辆大巴形成了某种相濡以沫的关系。她在车上看road show，觉得比在家里沙发看Star World更加舒适。大巴上的座椅，贴合着她的身体，也让她感到安慰。

她在罗湖下了车，看着挤挤挨挨的人群，皱了眉头。

在这时候，她看见了他。

他正在行窃。他从一个很臃肿的高个子臃肿的旅行包里钳出一个皮夹，然后迅速地将包拉链拉上了。她一时呆了，目不转睛地看。小偷这种动物，对她而言，和外星人没有太多区别，被人议论了若干个世纪，到头来还是在她的经验之外的。

这时候，他回过头来。他竟对她优雅地笑了，踌躇满志的笑，似舞者的谢幕。他的笑是种恳请的默契。他的行为成为她和他之间的隐私，是一次意识上的苟且。他还是个孩子，孩子一样的面孔。孩子一样的头发，从脑门上耷拉下来。然而他的脸上，有一种成年男人的让人迷惑的神情。她想起了Ken，Ken是她的大儿子，17岁了。他的脸上也渐渐出现了她所不了解的神情。自从上次在他的抽屉里发现了一个安全套，她忽然觉得Ken不属于她了。Ken是她生的，曾经是她身体的一部分，和她的身体和生命贴合得这么紧。然而，这个安全套让她明白，儿子放弃了她，用自己的方式和另外一个女人完成了另一种更紧也更愉快的贴合。一瞬间，前所未有的孤独席卷了她。

她看着他，皮箱的把手在手心里紧了紧。他却又特意地与她对视了一下，不卑不亢地。这是恶作剧的一眼，让她在忽然间慌乱了。她低下头去，心里想象着这对视间的险象环生。

当她终于勇敢地抬起眼睛，他却不见了。到处是人，他被淹没在了里面。

她在原地停顿了一会儿，觉得是自己将心中的余悸夸大了。她说服自己，镇静下来，走进关口的商业城，乘了电梯奔彩蝶轩去。这也是循规蹈矩的一环，她每次来这里都要做的。

这些年来，大约是经济没有以往景气，香港人兴起了北上深圳消费的热潮，依据的是少花钱多办事的原则。这商业城是应运而生，吃穿用度，桑拿按摩，架起了实实在在的一条龙，铁定了心要为香港人民服务。

她来这里，却只是喝茶，她不像其他的师奶在这商业城里淘冒牌的LV和Prada 。

这家彩蝶轩的虾饺和豉油凤爪，口味似乎比金钟太古广场的那家还要正。

她要去的地方在关外。

这是她投资经验中的一个败笔。她没有生意人的经济头脑，却有着生意人的热心和冲动。

所以，当那个心怀叵测的房产经销商将这幢地处边远的小别墅推荐给她，她是抱着感激的心情的。她在经销商的长篇大论里只听到两个字，升值。

她并不知道，这幢别墅坐落于市外臭名昭著的工业区。不绝于耳的是鼎沸的机器运转声，空气污染指数是正常值的七十倍。

她对骗局表现出了异于常人的理智态度。第一天看到这幢青灰色的小楼，她知道，她投资的钱被无情地绝育了。

她受到了亲戚们的嘲笑。她冷笑了一下，对他们说，这幢别墅，我是买来给自己住的。

于是，她真的自己去住。每个月，千里迢迢地从港岛坐车去深圳的关外，住上几天，告诉别人房子没有闲置，心里也觉得多少挽回了一些损失，这种挽回的方式在她看来是集腋成裘的。这是她诗意的想法，她在私底下，总有些诗意，这一点她自己并不觉得。

她不乘出租车。她从来是收拾了一只装了换洗衣服的箱子，一路劳顿，然后在罗湖施施然地登上一辆去布吉的长途巴士。

等这辆巴士的多是民工、小打小闹的生意客。她甫一出现，便成为焦点。她与周遭的气氛格格不入，在谁眼里也是莫名其妙，成心叫人自惭形秽的。他们不知道她把这惯例的出行当作过节。一身名牌，不知收敛，变本加厉地雍容，为的是自己心情好。

车来了，别人往上挤，她也挤。她放下万方的仪态，挤得生猛。她将身体努力地一挺，人到底是进去了。可是，她的手提箱，卡在了后面汹涌的人堆里，拔不出来。

她有些焦急了。这时候，却看到箱子自己升腾起来。她疑心是幻觉，却看到了托起箱子的一双手，白皙修长的一双手。再看，却是一张脸，微笑地对着她。她心下一凛，是他。

他将箱子递给了她，自己也挤上了车。

她浑身都紧张起来。他在她身后坐下了。

汽车启动，猛然地颠簸了一下，她的心里又是一沉。

所有的预感都是不祥的。

历来，作为一个好奇的人，她从不肯放过沿途的风景。这座新兴的发达城市，有着与香港不同的辽阔与坦荡。她饶有兴味地看，有些爱，也有些挑剔，用的是初为人母的眼光。

可是今天，她却将脖子僵直着，身体像架纹丝不动的座钟。

她知道，自己是怕了。她想，这一点绝不能让他看出来，于是，开始做作地东张西望。

终于，她望到了司机的后视镜里去。先是看到了自己尴尬的神情，又看到身后的他。

他的下巴很尖，狐狸一样俏丽的轮廓，些微女性化。嘴唇是鲜嫩的淡红色，线条却很硬，嘴角耷拉下来。是，他垂着眼睑，目光信马由缰。他抬起头来，她看到了他的眼睛，很大很深，是那种可以将人吸进去的眼睛。他是个好看的孩子，她想。

突然，她看到他的目光从后视镜朝她逼视过来，那种来自雄性的漫不经心又刻意的光。她的窥视被发现了。

她心里一动，却不是怕。她又低下头去。目光这样熟悉，可是，又好像隔了时空。

她的老公，死了四年了。

那是她这辈子的好时候，她还生长在那个江南的城市。因为长得好看，她被选到一家涉外酒店当服务员。

这座酒店也是这城市里最高的建筑，她服务的地方在酒店的顶层，是一个可以旋转观光的餐厅，叫旋宫。

她站在这城市的顶端，总觉得有些高处不胜寒，这与她善感的心却是丝丝入扣。

她和她老公就是在旋宫里认识的。其实，她对这些港客怀有成见，觉得他们是些不中不西的人。可是，有一次她给一个香港男人铺开一条餐巾，男人却捉住了她的手，倏然又松开了，抬起头来用眼睛看她，用的就是这种漫不经心的眼神。

那时候，这男人的年纪不小了。头顶有些谢，面相却是精力旺盛的样子。

男人开始给她送礼物，丝巾、手链，都是像她这样的女孩眼中的稀罕物，终于有天是枚金戒。姐妹们都说她是要交上好运了。她却表现出难得的从容大度，将这些礼物按规章交给了领导。领导促狭地一笑，将礼物还给她，让她收好，说她要发达了，不要忘记一班水深火热过的战友。

她和男人终于上了床。男人系上裤子，抚摸着她的身体，口气夸张地说回去交接了这单生意就回来接她。她在心里冷笑，将他的话当作苦情戏里的古老桥段，知道这会是场漫长无望的等待。

没想到，她还没来得及自怨自艾，两个月后，就来到了香港。

她这辈子也太顺理成章了。

想到这里，她叹了口气。

巴士不紧不慢，欣欣然地。车上倒有一半人在打瞌睡。她侧了脸望过去，到处是轩昂的楼。这城里的繁华是速成的，没有推陈出新的过程，而是新的将旧的在一夜之间席卷而去。

她想起到香港前的一个晚上，她就住在这座城里。

男人来接她。在城中村的小旅社里，他们默然地坐在一张肮脏的床上。那时候，这城里到处是地基，到处是触目惊心的“拆”字，半夜里还听得见轰隆隆的打桩的声音。她真的感到怕，在心里发着虚，觉得大限将至。因为怕，她要男人跟她做爱，做了一次，还是怕，就又做了一次。做完了，她躺在男人怀里，看他漫不经心地对她笑，她想，她有些爱这男人了。

她细心地回味她男人的笑，心里升起些甜腻的暖意。

她禁不住要看他。

她想自己总要做得自然些。她仰起头，撩起了鬓发，扫视车前的后视镜，却看到了耳边惨淡的一缕白。

她愣了愣，歪一歪头，看到了他。他似乎睡过去了，头靠着车窗，随着巴士的颠簸轻轻地摆动。嘴是微微张着，闭着的眼睛是两道圆润的弧。他的表情是要让这世界都原谅他的。

他那么年轻，他的颈上轻微的凸起，是个起伏的喉结。他不再是孩子，是个年轻的男人了。

她想她对男人是熟悉的，她这半辈子都是守着家里的三代男人过活。看男孩子长大成人，看精壮的男人老过去，看老男人走到了尽头，走到了死。

公公是个随军从内地逃到香港的国民党老兵，在将军澳住下来，娶了当地的讨海女。她过门两年，做公公的就过身了。这整天活在暗影子里的人没给她留下什么印象，死前留了封遗书，半文半白的，说这一辈子是完了，唯一欣慰的是儿子给他从老家里讨了儿媳妇。

老公是个孝子，对她爱得有限。她认命，不怪他。这男人不易，靠自己将一份家业撑起来，做大。她想帮他，他不让，让她守做女人的本分。她就什么也不做，静下心帮他生三个孩子，养大。老公在内地有女人，她不怨。男人心里盛着她，临死只给二奶留了两处房产，其余的还是给了她。

现在家里只一个男人，是她儿子Ken。她总对自己说她不指着他防老，她自己有钱。可是她不能想象这孩子会离开了他。她不想他长大。可她还是在Ken十四岁那年在他内裤上看到了男人的痕迹。Ken没有上大学，等着继承她的遗产。Ken和那个茶餐厅的小女孩子在屋里出出进进，倒与她抬头不见，低头也不见。

她想Ken因为她买下了这幢别墅，指着她的鼻子大骂黐线。

她横一横心，想自己生来就是个黐线人，现在偏要奔着这个黐线的地方去。

巴士出了关，出了城里的地界了。车颠得厉害了，驶上了煤灰路。她感到有些恶心，车厢里腥臭的气味重浊起来，外面一大片一大片的绿也越发缭乱。她庆幸自己有备而来，从手袋里拿出晕车灵，就着水服下了两粒。拧盖子的时候，车猛然一颠。瓶盖脱了手，不知道滚到哪里去了。她低下头来找，又不想动作太大，失了矜持，就只好小幅度地左顾右盼。

看着看着，看见身后伸过来一只手，手里捏着那个瓶盖。她回过头去，看见他含笑的眼。她匆忙地说了声谢谢，接过瓶盖。

她昂然地坐着，渐渐感到了温暖的气流，拂着她的颈。是他的鼻息，粗重而温和。

他的脸，离她很近了。也许他的鼻尖正贴着她，不盈数寸。

她不知道自己为什么会有了种种猜测，都是凭空的。

她觉得心口有些憋闷。

很久没有男人与她这样近了。四年，她对男人一以贯之地凛然。

那气息终于在她的耳后了。

她的身体在一瞬间松弛下来，额头与手心沁出了潮热的汗。

那是她敏感的区域，她惊觉。她惊觉了他的用心，而他，只是个孩子。

她的身体向前挪动了一下，这是无谓的反抗。那气息更浓重了。她的眼睛惺忪起来，无端地产生了睡意。

她终于呼啦一下拉开了车窗。

清冷的风灌进来，她得胜似的对自己微笑。

司机报了站，她拎起手提箱，飞快地下了车。

走了一会儿，回头望一望，并没有什么人。她步履轻盈得自己都吃了惊。

下午四点钟。她走进了别墅区，心情些微地不好。灰蒙蒙的天，是提早到来的暮色。她想象着空气中肆虐着被污染的尘土颗粒，觉得自己也不洁净了。

除去远处工厂的声响，这地方是寂寥的。她找到了自己的那幢小楼。不难找，因为楼前有棵高大的棕榈树，只是没了原来的招摇样子，死了。阔大的叶子耷拉下来，像一面破败的旗帜。好在别墅本身还是堂皇的。这是她的。她想。

房间里是昏暗的，昏暗中浮动着大块的突兀的白。她拉开窗帘，光线闯进来，才发现是自己上个月裹在沙发上的白布，她已经全然不记得了。

她打开箱子，将衣服一件件挂到衣橱里，挂着挂着，觉得疲惫极了，她决定先去洗个澡。

浴室里是一片湖蓝色。这是她选的颜色。装修工人说这颜色太土气，要用亚麻色的瓷砖。她不屈不挠地争辩。她记得清楚，当年旋宫里的地毯，就是这大片的湖蓝，她日日在上面走过。

她要的，还有一面比例夸张的落地镜。她除了衣服，看镜中的自己。四十多岁了，她还是个好看的女人。她挺了挺身子，像展平一张打了褶皱的纸。

她躺在浴缸里，看着眼前氤氲起浅浅的雾。她真的想这么一直躺下去。

这时候，却有急促而清脆的声响。她不想理会，铃声却一阵阵地紧张起来。她终于烦躁了，起身，匆匆地擦干了头发，裹上件浴袍走出去。

她打开传呼，问是谁。是个浑厚的男人声音，回答说是物业管理。

门外并没有人。

她问有什么事，男人说：煤气管道例行检查。

她说：现在不方便，明天来吧。

男人说，最近几个住户投诉说家里发现煤气泄漏，安全起见，还是早些检查，排除隐患。

听到这样说，她终于有些慌张，打开了门。

男人走了进来，抬起了头，是他。

她要叫出声来了。

他一脚踢上了门，反过身来，用手堵上了她的嘴。她挣扎着，拼了命地蹬他。他的力道很大，她有些窒息了，没了力气。

他撒开了手，却旋即又堵上了她的嘴，这次，用的是唇。

他要撬开她的牙齿，她不允，却敌不过他。他的舌像一条滑腻而暴力的蛇，他的唾液是腥甜的。

他的手现在腾出来，伸进她的浴袍里去了。他轻柔地揉捏她的乳。她的身体像触电一样痉挛了一下，软了下去。

他将她放到沙发上，剥去了她的衣服。她一阵羞愧，蜷起了身子。他对她微笑了一下，像个天使。

她迷乱地看着他，不知所措。他却有条不紊地脱光了自己，拨开了她的双手，趴到了她身上。她感觉到了他肌肉的轮廓，成年男人的，嚣张而放肆的坚硬。他进入了她。她感觉到了他对女人的熟稔，攻城略地般的利落。

他用舌，用手照顾着她。她抓紧了他的背，她感到了自己的脚趾在他臀上轻微地颤抖。还有鼻息。他的鼻息，浓浊地、温暖地渗入到她的肌肤里去。她是在一大片的潮水里了，正被包裹着，席卷而去。这潮水来势汹汹，她要抓住岸。可是，没有岸。

他的呼吸急促了。他在攀升，她紧跟着他。

在高潮的一霎，他号叫了。这是让她心悸的声音，她的心里忽然一阵充盈。

她流下了泪水。

他从她身上下来，跌坐在地毯上。

她也坐起来，拿浴袍遮住了自己。

他索性躺下来，闭上了眼睛。他还有些喘息。一滴汗珠从他光润的脸上滑下，沿着狐狸一样俏丽的轮廓。他是个长着孩子脸孔的魔鬼。

突然间，她对他生出了心疼的感觉。他微微起伏的胸膛、他浑圆的脐、他的私处柔软的毛发，都让她心疼。

她禁不住想去抚摸。

年轻的男人的身体，其实是她陌生的。

她最后一次给Ken洗澡是在他六岁的时候，Ken也是个年轻的男人了。

这个想法让她心中抖动了一下。

他起身，在自己的裤兜里摸索，摸出一根烟，点着了。

房间里飘起了淡淡的劣质烟草的味道。她先皱了眉，却又很享受地抽动了一下鼻子，这也是年轻男人的气息。

他抬起眼睛看她，是狎昵与挑衅的神色，他问她：抽么？

他将嘴里的烟放到她唇上，却又迅速地拿走。他在裤兜里摸索，摸出了另一根，点燃，放在她的中指与十指间，让她夹紧。

她发着抖，将烟放在嘴边，用尽气力，抽了一口。多么苦的烟啊，刺激着她的舌苔，在她的肺里翻腾了一下，从她的嘴里袅袅地游动出来。

她又抽了一口，浓重的醉意袭击了她。她努力地睁大了眼睛，看到他模糊而温暖的笑容。

她醒过来的时候，发现自己被捆绑着，用的是撕成条的浴袍。

她听见了远处工厂的轰鸣声。

一缕光照射进来，这是曙光了。屋里一片狼藉，手袋里的东西散乱在她脚边，似鲜艳的五脏六腑。

她耸了一下身子。

她动弹不得，双手紧紧地绞在一起，像一棵受难的树。

街童

我躺在水泥管道里，身体下面积聚着黏腻的液体。黑暗潮湿，呼吸不畅。铁锈的腥气漫溢。像是躺在一具身体里。没出生的孩子，在母亲的身体里。

一

我是卡马牛仔专卖的店员，我叫布德。我的店在罗素街。

卡马。我看守着这些牛仔裤，像看守着一些孩子。

每一个买牛仔裤的人，有着不同的高度、腰围和性格。我给他们推荐与他们合适的牛仔裤。如果你的腿细且长又中规中矩，推荐你试试Z62；如果你喜欢松松垮垮、要点个性，推荐你Beach35；如果你要赶潮流，推荐你试试L37。

这是我的职业习惯。这些牛仔裤是些孩子，买牛仔裤的人，好像它们的养父母。我很少推荐Lola77，这是我的失职。我知道我怀着私心，我不放心把Lola77托付给任何人。

谁会适合77呢，除了Lawrence Kane和Mora Cine，谁会适合77。

77只属于那个时代。那个时代一去不返。粗粝放旷的时代，在我出生前的十年，懒散和愤怒的男女孩子，穿着77混世界。

我的客人们，精确地挑选一条牛仔裤，贴合他们的体形与心意。

我满足他们的要求。我推荐给他们各种型号，这些型号没有生命。它们也是一些等待领养的孩子，它们都是死孩子，生出来就死了。

77还活着，活的寿数足够长。

我抚摸它们，手会有灼烧感。生命的纤维，血管底下暗流涌动。

那个女孩子对我说：唔该，给我拿一条77，腰26，长30。烟灰色。

我扭过头，她大声地重新说了。

她实际是很礼貌的：请给我拿条77。

我慢慢地拿了给她。

烟灰色的77，亚太区限量，我们店里有六条。

我在货仓里捧着这条77，贴了贴我的脸。

每一次把77拿给客人，都好像一次冒险。我抚摸着那四粒铜扣，口袋上圆润的车线，然后怀着孤注一掷的心情把它拿给客人，焦灼地在试衣间门口等待。客人们出来，大部分摇摇头：好像不怎么适合我，试试其他的型号吧。

我长长舒了口气：是啊，有几个人会适合77呢。

我在门口等待。

她出来，用很干脆的声音说：很好，我就要这条。

我心里一惊，茫然地看她。

她还在镜前左顾右盼。

我冷着眼看她，看着看着。突然感到欣慰，这条77的运气很好，或许。

这条77的运气很好。

这女孩儿有一双很好的腿，无可挑剔。77是腿形的放大器，好的腿形锦上添花，坏的雪上加霜。大腿与小腿的比例失之毫厘，谬以千里。

圆满的臀。

她蹬上靴子。天衣无缝，Blank K的麂皮靴子。好像……像一头跃跃欲试的小鹿。

女孩满意地点一下头，对我笑了，说：包起来。

付账的时候，她用的是带了“银联”标志的借记卡。我想，她也许是个观光客。

这些年，有太多内地来的观光客。他们出手阔绰，一条77，算什么呢。新到港的爱马仕包可以买上十个。

整个过程非常利落。她匆匆地走掉了，消失在了时代广场的人群里头。

我是在半个小时之后，发现了她遗落的皮夹。里面有一些零碎的港币，和一张照片。照片上是她，没错的，却又有些不像，化了很浓的妆。嘴上在笑，眼睛里有些不耐烦。

一条很细的项链从皮夹里掉出来。我捡起来，看见上面有个精巧的十字架，在夕阳里头闪着星星点点的光。

还有一张纸条，上面是一个电话号码。我照着打过去，关机了。我留了言，留下了我的电话。

二

到阿嫲家的时候，已经是黄昏了。

照样要去拜祠堂。祠堂里黑乎乎的。我们家的祖先多，拜的时间很久。阿嫲坐在旁边，看着我磕头。

以前都是哥哥先磕头。我看着那些牌位，上面都是烟熏火燎的痕迹。小孩子的时候，进祠堂总有些怕。两边的仪门太高，上面镌着“入孝”“出悌”。字体粗黑的，不亲近。神主龛前的香炉，也大得夸张，味道让人有些发晕。

我阿爷是族长，我们家的规矩就格外严。听老辈人讲，说是以前在广东的时候，派有派祠，堂有堂祠，房有房祠，支有支祠，加上朝廷赐建的专祠和旌表修建的节孝祠堂，祠堂多到几十个。后来不知哪一辈到了这个岛上来，还是想着光宗耀祖。祠堂门口的聚星池就是阿爷找人建的。据说是为了风水，人丁兴旺，多出孝子贤孙。不过他现在，就我一炷香火了，不知道风水是不是没找对。哦，那年祠堂着火，聚星池倒派上了用场，才没有被烧掉。

阿嫲突然顿一顿手中的拐棍：死靓仔，都不知你谂啲乜。

我赶紧又规规矩矩地磕了几个头。

抬起脸，神案上摆着大红烛，没有火焰，已经变成了红颜色的电灯胆。

跟阿嫲回家，一路上都在听她骂人。说岛东的地挖得不成样子，被政府征收了，要种什么“有机菜”。阿嫲显然不懂这个新名词，说：也没见那地里有几只鸡。就说“有鸡”，就只懂骗我们这些乡下人。

又说，这岛上的外国人越来越多。自己人都跑到外面去了，成个什么话。

她就这样一路絮叨着。我低着头，没话说。

路过北帝庙，看见门口的空地上，有几个小孩儿在玩。见我们走近了，一哄而散。

我看他们跑远了，眼前出现了一张脸 。但已经不清楚了，我快不记得他长什么样了。哥哥的脸。

阿嫲推开祖屋的大门，一股凉气扑过来。里头终日不见光，还是黑黢黢的。这房子政府也想收，建什么度假村。阿嫲要和他们拼老命。

其实这屋里已经没什么人了。大伯全家也搬走了，搬到元朗的新屋苑去了。西铁通了，到哪儿也方便。

阿嫲又顿一顿拐杖。我吓了一跳，听到她恶狠狠地说：阿德，你在外面我不管。可嫲嫲下去卖咸鸭蛋[①]，你要回来给嫲嫲收尸的，听到没?

我愣一下，点点头。

这间屋子，是我长大的地方。那时候似乎很热闹，还养了两条狗。老的那条叫喜宝，也在前年死掉了。听阿嫲说，死得很突然。中午的时候，吃了一碗虾干粥，还到街上去溜达。走到街市的时候，一头栽倒了，再也没有醒过来。

喜宝很仁义，总是守着我。远远地望，我和同村的小孩子

① 粤语，指人去世。

打架了，它就扑过来。

沿着楼梯走上去，楼梯发出吱呀的声音。颤巍巍的，好像就要断裂开来。有一天，哥哥被阿爷蹬了一脚，就是从这楼梯上滚了下来，一直滚到地上。哥哥在地上挣扎一下，站起来。看见我，笑一笑，摸摸我的头，一瘸一拐地走出去。我听着阿爷在楼上喊：不肖子，不肖子。

楼上好大的尘味，也久没人上来过了。窸窸窣窣的声音，我打开灯，看见一只老鼠从脚边跑过去。墙角里蓝颜色的簿子，被咬得还剩下一半。我捡起来，原来是我小学时候的功课簿。底下还批了一行字，"志如鸿鹄"什么的。

我心里好笑，小孩子懂得这是什么。

晚上我就在这阁楼上打了个地铺。夜里很静，静得睡不着。大概我在油麻地乱糟糟的环境里惯了。

都传说这岛上有很多鬼。长这么大我也没见过一个。

倒是阿嫲，平白地半夜里说起梦话来。断断续续地从楼下传上来，有些瘆人。

第二天是岛上的太平清醮。一大早村长跑过来，让我帮忙去拍照。十几年了，还都是老样子。热热闹闹，多了很多游客，大都是来看"飘色[①]"的。小孩子们照例穿红着绿，由大

① 岭南地区一种融戏剧、魔术、杂技、音乐、舞蹈于一体的传统民俗艺术。

人们抬着，环岛巡游，脸上笑着，其实是个辛苦差事。大热的天。五岁那年我扮过赵子龙，硬生生尿在了裤子里，说起来也丢人。好在现在的小孩子都有纸尿裤了。我就跟着走了一遭。如今扮的，也没大不同，多还是历史人物，戏文里来的。可竟也与时俱进，“乒乓孖宝[①]”不说，竟还有阿太——叶刘淑仪。一个雀斑脸的小姑娘扮作“阿姐”汪明荃，最近风生水起，大概是因为做了香港两会代表的缘故。

大街上打招呼的，都是老街坊。说起来都是看我长大的。八筒叔似乎比以往更老，背已经有些驼。本来就是老来得子，儿子阿路从小学到中学都和我同班，后来出息了，去了加拿大念预科，就再也没有见到。听说现在已经读到博士了。

黄昏的时候，是压轴的“抢包山[②]”。包山现在徒有其表。因为一九七九年那回包山塌下来，压伤了很多人。大伯就是那年被压伤了脚。原本他爬到了最高处，是要拿冠军的。然后这节目被禁了二十多年，在我记忆里几乎没出现过。再恢复了，竹架变成了钢筋，包子也都是塑胶的。报名的人要先参加rock climbing的训练。我看着一个大只佬兴高采烈地爬到了一半，向底下的人抛了一个飞吻。我按下了快门。这时候，电话响了。

① 指曾获得奥运银牌的中国香港乒乓球运动员搭档李静、高礼泽。

② 香港地区的民间风俗，人们在北帝庙前砌成一座座“包山”，用来供奉神灵，人们争相抢夺包山上的包子。

听见一个男人没睡醒的声音。

耳朵旁边锣鼓喧天。对方骂了句粗口，问道：靓仔，快餐还是包夜？

我问：什么？

对方停一停问：衰仔，唔好同我玩嘢[1]。问我什么，不是你留言的吗？

我说：我……

他说：叫鸡啊，大佬。

我看了一眼电话号码，是我昨天傍晚打出的电话。

对方有些不耐烦地说：到旺角先打过来喇，黐线。

三

我在晚上十点多钟的时候，到了旺角上海街。再次拨通了那个电话，依然是那个男人慵懒的声音。

他给了我一个地址，在兰街。

我一路寻过去。在靠近街尾的唐楼跟前，看见一个极小的牌子，“芝兰小舍”。我正愣神，楼道口出现一个扎马尾的瘦小

① 粤语，意为“你不要跟我开玩笑”。

男人，额发漂成了金色。他上下打量我一下，说：生面口哦。

问我找哪个，我想起了纸条上的名字，就说：Agnes。

他扬一下头，让我跟他上去。

穿过黑漆漆的楼道，上到四楼，在一个房门口停住。没什么特别处，倒是更残旧些，长满了铁锈。没有门铃，男人在铁栅上敲三下，停一停，又敲三下。

门响一下，从里面探出半个橘红色的脑袋。有眼光扫了我一下，听到里面的链锁打开了。

我们走进去，原来是个女人，有些年纪了。虽然光线昏暗，还是看得出，她脸上扑了很厚的粉。她眯起眼睛，舔下嘴唇，说：好后生。

声音娇美得和她的身形不相称，说完在我屁股上摸了一把。

我有些慌张。男人推开女人，说：May，唔好食子鸡喇，我陪你唔系仲劲？

女人鼻腔里发出不屑的声音，将一口烟悠悠地喷到我脸上。

我还是看出来，这屋里是两个单位打通了的，隔成了很多板间房。走到尽头的一间，男人长长地喊：Agnes……

门打开了，但没有看见人。房间很小，倒有一张queen size的大床。天花板的灯管上裹着丝带，房间里就氤氲着粉红色的光。

我听见拖鞋的踢踏声。回过头，看见女孩正站在身后。

她穿了紫红色的抹胸，和我昨天卖给她的77。她并没有正眼看我，只是将手很熟练地伸向背后，将抹胸的搭扣打开，说：先洗洗吧。

你在我店里丢了东西。我说。

她愣住，猛然转过头，看我手上扬着那根项链。

我说：你走得太急了。

她下意识地捂住了自己的胸口，嘴角牵动了一下，对我说：你等等。

她走到房间的角落里，从衣架上抽了一件T-Shirt，套在身上。这一瞬间，我还是看见了她的乳房，晕白地跳动了一下。

她伸过手来，我把项链放在她的手心里。

她戴到自己的脖子上，将十字架在手里紧一紧，闭了一下眼睛。然后对我说：断了好久了，送到铜锣湾的银饰店修，回来半路上才发现不见，谢天谢地。

我说：你信耶稣的？

她看一看我，笑了，说：我不信，可我姥姥信。信耶稣，得永生。

我卷起舌头，说：姥姥。

她大笑起来，说：你们香港人，学不会卷舌音的。

我也笑了：你姥姥知道你来香港么？

她眼神黯了一下，低下头去，说：她死了。

我也沉默了。

过了一会儿，她扬起脸，却问我说：你和女人做过么？

我摇摇头。

她想一想，挨我坐得近一些，握住我的手，放在她的脸上。我的手掌拂过她柔滑的皮肤，指尖烧了一下。

她更贴近了一些。我想起她鹿一样的腿，包裹着77，浑身渐渐有些发热。

她将我的手含在嘴唇间，轻轻咬，微微地痛。我一把推开她。

她看着我，说：你，不行么？

我虚弱地笑一下，摇摇头。

我说：你为什么做这个？

她侧过脸，眼睛里的光芒冷下来，她说：我为什么不做这个？

她在随身的包里翻了一会儿，翻出一个打火机，点上了烟，深深吸了一口，轻轻吐出来。

我为什么做这个？每个人有自己的本钱，我的在这里。她端了一下自己的乳房。T-shirt也就跟着波动起来，上面粉红色的Hello Kitty好像活了。

烟抽掉半支。她侧过脸，看看我，说：真的不想？有个差佬，抓过我们一个做楼凤[①]的姐妹。后来给我遇到，在床上

---

① 指在自己家里进行性交易的女性。

几乎要了我半条命。男人都是些假正经。

我说：你去过长洲么？

她拿起一枚很精巧的指甲刀，开始修指甲。头也不抬地说，没去过，是什么地方？

我说：是一个岛。我在那里长大。

她说：哦，我也出生在岛上。

我说：在哪里？

她说：蓬莱。

我说：蓬莱仙岛。

她笑了，说：你还真好哄，哪里是什么岛，就是个小县城。更没什么神仙，住的都是些人。苦命的还不少。

你有兄弟姐妹么？我问。

她摇摇头，问我：你呢？

我说：我有个哥哥。

这时候，一只鸽子飞过来，落在床跟前小小的窗户上，歪过头，看着我们，嘴里发出咕咕的声音。女孩掐灭手上的烟蒂，弹出去。鸽子吓得后退了一下，然后振一下翅膀飞走了。

我掏出了五张一百的纸币，放在床上，然后说：我走了。

她的脸还向着窗口。这时候回过头，看着我问：你还会来么？

我笑一笑，推开了门。

四

这一周雨很大，生意清淡。偶尔进来的，都是躲雨的人。

台风“莫尼克”，来了两天，没有要离开的意思。它喜欢这个城市。

我看着对面的时代广场，前面的大钟指针上哗啦啦地滴着水，走得很辛苦。

想起那年，我第一次过海，看到那座大钟，好像着了魔，看得挪不动步子。

哥哥牵着我的手，说：这钟，看它秒针走十圈的，就要死。

我吓坏了，拔腿就跑，一路跑一路哭。

当天夜里，老怕自己会死掉，不敢睡觉。

阿爷为这事，又揍了哥哥一顿。

现在我日日夜夜对着这座钟，活得好好的。

还有半个钟就打烊了。同事们陆续走了，留下我一个，整理货品。

这个月的营业额惨淡。雷曼作怪，整个东亚市场面临危机。店长训话，东京已经关闭了六家分店，或许接下来就轮到我们。

有些雨水趁着风势，渗进店里来。

我找出地拖，刚拖了几下，电话响。阿嫲打过来，又在和我絮叨政府收地的事情。说祖屋这几天房顶漏雨漏得厉害，也没有人来修。突然话锋一转，跟我说，八筒叔前天死掉了。

外面一声炸雷，我手一滑，电话掉到地上。

伏下身去捡，抬起头，有人站在面前。

女孩的头发，湿漉漉地滴着水。

她撩起头发，打量我，然后合一下眼睛，一言不发地向店堂里面走。走到更衣间，才停下来，对我招招手。

我跟过去。她说：你不问我，有什么需要吗？

她打开更衣间的门。

我说：小姐，请问有什么需要吗？

她踢掉麂皮靴子，直视着我的眼睛，说：我需要你。

我有些无措，一瞬间，被她拉进了更衣室。

她抓起我的手，从她的领口伸进去。先触到的，是那枚小小的十字架，被雨水浸得冰冷。十字架底下的皮肤，是滚热的。摸得到起伏，像是有东西要冲突出来。

我的喉管里有声音在涌动，热量从手掌传递到身上。我打了一个寒战。

这时候，她噙住了我的唇。我感到舌尖被轻轻咬住。她看着我的眼睛。我心里有崩塌的感觉，紧紧抱住她。

血从她嘴角流出来。是我的，能感觉到她牙齿间细微的齿轮一样的边缘，然后是热的腥咸味道。

这时候，她一把推开我，说：你该打烊了。

我们走在轩尼诗道的行人路上。雨已经停了，不小心踩到一块不平的地砖，就是扑哧一声响。

我在前面走，她在后面影子一样地跟着。我上了小巴，她也上来，远远地坐在车尾。

我在油麻地下了车，穿过庙街。这街道现在还是灯火通明。有些小摊档在卖翻版碟。翻得不很好，罗文的声音就有些粗粝苍凉，倒是比原来耐听一些。“我们大家在狮子山下相遇上，总算是欢笑多于唏嘘……”

猪骨煲的味道渗透出来，整个街道就都暖融融的。一个婆婆走到我身边，扯扯我的衣角，说：后生仔，这个好得不得了，金枪不倒。我看她偷偷地取出一个锡纸包，说只卖我十块钱。

一个文了身的胖大男人就说：阿嫲，男人金枪倒不倒，你是怎么知道的哦。

婆婆一愣，就开始谩骂，以“死仆街”开头，问候男人的祖宗八辈。

女孩笑起来，咯咯有声。男人轻薄地嘟一下嘴唇，把一块槟榔渣吐到她脚边。

我走到大厦的楼道旁，对女孩说：我到家了。

女孩说：我知道。

我上楼梯。平台上的灯光射进来，把我的影子拉得很长，歪歪斜斜地铺在楼梯上。女孩好像踩着我的影子走上来。

到了五楼，我打开了铁栅，听见有一扇门响一下，有隐隐的哭声，我知道，是隔壁的道友黄又赌输了钱，或者又拿钱买了粉。哭的是他的老婆。黄太是个爱面子的人，连哭都要压抑着。可是，这墙薄如纸的板间房，谁又瞒得住谁的生活。

道友黄阴沉着脸走出来，赤着膊去隔壁的公共卫生间洗澡。看见我回来，扬一下嘴角。他似乎没留心到我背后的女孩。我打开D单位的门。

女孩走进来，说：你住这里?

我点点头。

她的眼光扫了一圈，问我说：你喜欢Beyond？

墙上是一张放大的黑白海报，海报上的黄家驹嘴角有笑意，眼神很严肃。

我说：还行吧，这是我哥哥留下来的。

这张海报上已经有些水渍，是连月的阴湿天留下的印记。曲曲折折。我看过去，有一种奇怪的感觉，好像昨天刚刚贴上去，耳边会有《光辉岁月》的旋律。

女孩问：你哥哥是个什么样的人。

我有些心不在焉。我说：平常人吧，不算多好，也不坏。

女孩坐在我身边的桌子上。

这房间里没有像样的家具，只有这张大而无当的桌子，将房间的面积占去了三分之一。桌子缺了一个角，很破败，却镌着十分复杂的雕花。道友黄说，房东以前在外面是吃“息口[①]”的。这桌子是从人家家里抢来抵债的，兴许是件老货。

女孩没再说话，手却在膝盖上轻轻弹动。当她的手指触到了我的胳膊，这手指的弹动并没有停止。仍然是轻轻地，从我的手腕爬到臂弯，又从臂弯爬到肩膀。我突然意识到，这弹动的节奏。时疾时缓，我突然意识到，和我头脑里的声音，渐渐走到了一起，是《光辉岁月》。

我捉住了这只手，转过身，看着微笑的女孩，吻下去。

我吻着她，一边脱去了女孩的衣物，驾轻就熟，好像一个老手。女孩瞬间赤裸在我的面前，躺在这张桌子上。

我开始不知所措。

女孩仍然微笑，伸出胳膊，钩住了我的脖子。她导引我，用我们头脑里共有的那个节奏。

当我感受到炽热的包裹，才猛醒过来。女孩为我戴上了一个安全套。旁边是一个撕裂的锡纸包，上面写着“金枪不倒”。

一切顺理成章，好像完成了一个仪式。

---

① 粤俚语，高利贷。

我们躺在狭小的床上。没有说话。

过了很久，女孩说：你转过身，趴下。

我看她一眼，照做了。

女孩爬到我光裸的背上，很轻，没有重量。能感觉到的，依然是她手指的动作。温凉滑腻，好像一条鱼在背上游。我慢慢知道她在做什么。一笔一画，这其实是我们小时候曾经玩过的游戏。

我闭上眼睛，认真地在头脑里重复她的笔画。

我问：这是什么字？

她无声地笑，说：你的简体字学得真的不太好。就又写了一遍，说：这是我的名字。

"宁夏"。

我说：你是在那里出生的么？好像是个很远的地方，我们地理学过，在中国的西部，没有水，有很多羊。

女孩在我的背上沉默了一会儿，说：我没有去过那里。听我姥姥说，我爸爸去了那儿，就再也没有回来。他是文化馆的馆长，妈妈是县里歌舞团的演员。他们是在演出的时候认识的。我爸走了，我妈就跟另一个男人跑了。我是我姥姥带大的。我姥姥说，人的喜乐，都是主给的。所以，谁也别怨谁。

女孩问：你有姥姥么？

"姥姥"，我想一想，眼前突然蹦出了阿嫲的脸，就说：她还活着，整天都在抱怨。

女孩问：你还有什么亲人？

我说：我有过一个哥哥。

有过？

嗯。我翻了一下身，女孩滚落下来，抱着我的肩膀。她身前小小的乳抖动了一下，贴近了我的胸膛。很温暖，像一对鸽子。

我看着她的眼睛说：他死了。

五

现在想起来，哥哥的死，或许并不是一个偶然。

我已记不清他的模样，只记得他的一头乱发。

哥哥比我高一头，说话永远简短，带着诅咒的性质。

还有，他爱穿机车版Z61，烟灰色的，上面满是破洞，有肮脏的油腻。

说起来，我工作的这家店铺，历史也已经很久了。哥哥带着我站在罗素街上，那是我第一次离开了长洲。“卡马”铜锣湾店开业的第一天。

我孤零零地站在店门口，看哥哥挤在一堆年轻人中间，买了一条Z61。我问：哥哥，你为什么买了条脏裤子。哥哥喜悦地在鼻子里“哼”了一声，摸了摸我的头。

哥哥偷了阿爷的钱，买了这条Z61。阿爷打了他，然后蹬了一脚，哥哥从楼梯上滚了下来。哥哥对我笑一笑，离开了家。

哥哥是同年纪的年轻人里，第一个离开长洲的。

那年哥哥才中三。再回家的时候，嘴巴上已生了浅浅的胡须，胳膊上文了一条龙，一头虎。

阿爷又一脚把哥哥蹬出了家门。

哥哥塞了一个“咸蛋超人”给我，说城里的孩子都在玩这个。他说，他要走了。是男人，就应该去街上混。窝在这岛上，生下来就死掉了。

哥哥笑一笑，转过身，赤金色的头发在阳光里飘起来。我远远地望着他走去码头。有人摸摸我的头，是阿爷，也远远地向码头望过去，叹了一口气。

有人说，哥哥加入了油尖旺的黑社会，当马仔。在架埗收保护费。其实哥哥没有。哥哥白天在上环的码头打工，晚上在庙街卖翻版影碟。

哥哥储钱，买了一辆摩托车，带我到大埔。一群年轻人，都留着长头发，脚上穿着镶了铜钉的皮靴。他们的摩托车都改装过，开起来震天响。我坐在山崖上，看着哥哥的虎头车，跑在第一。

两年后，哥哥加入了半职业的赛车俱乐部。

哥哥后来，差一点就出息了。我们都在报纸上看到了哥哥。他在第一届的香港青年机车联赛拿了冠军。哥哥带了一个奖杯回来。奖杯金灿灿的，映得哥哥的脸很热闹。他说：我要让他们知道，长洲出了个李丽珊，还有一个林布伟。

阿嫲到处讲，我们家伟仔是武状元。阿爷没说话。只是第二天，发现奖杯被放在了祠堂里头，祖先灵牌的旁边。

半年以后，哥哥死在了亚锦赛的赛场上。我看见他的车被后面一架蓝色的“铃木”超过去，然后就偏离了跑道。我看见哥哥飞起来，在空中荡过一道弧线，然后落在地上。

两年后，阿爷也死了。阿爷快死的时候，不要去医院，谁说都不听。阿爷说，他要按老规矩在祠堂里等死。

大家就抬了他去祠堂，停在大槐树底下。他仰着脸躺着。大家很肃穆地在旁边袖了手，可是，到黄昏了，还没死，他对我大娘说，想喝粥。

于是大家就又把他抬回去了。

第二天，他又要大家抬过去。到晚上，还是没有死，就又抬回来。

这样过了四天，大家都有些倦，仍然围着阿爷，开始聊起天来。张家长，李家短，说到了兴处，就咯咯地笑。阿爷就睁开眼睛，眼白一轮。大家就都安静下去了。

到了第五天，阿爷终于死了。他死的时候，谁都没注意。

整个下午，都在议论大殓时，请哪个戏班过来唱大戏。到晚上要抬回家的时候，发现人已经僵了。

阿爷胸前捧着那张发黄的报纸，登了哥哥得冠军的新闻。大伯想将报纸抽出来，怎么都抽不出，只好呼啦啦地撕下来，扔在地上。

我捡起来，看见哥哥靠在他的摩托车旁边，站得直直的，却没有了头，给大伯撕掉了。

听我说完这些，宁夏没有言语。过了一会儿，她抬起手，摸了摸我的脸，嘴里哼起一段旋律，是《光辉岁月》。

我也轻轻地和上去。她的手在我的手心里，渐渐有薄薄的汗。她的声音弱下去。

宁夏躺在我身边睡着了，一只手还搭在我胸前。在日光灯的光线里头，她瓷白的身体闪着莹蓝色的光。我禁不住摸了摸，温热的皮肤有细微的颤动。

我睡不着，随手拿起一本横沟正史。其实我很少看书，但是，每当睡不着的时候，我会看这个日本作家的东西。他将一些血腥的故事，讲得很安静，适合这样的夜晚。

阳光照进来的时候，宁夏还在睡，睡得很熟。百叶窗将阳光筛下来，她身上就有了许多道弯曲的条纹。她翻了下身，终于醒过来，揉揉眼睛，看着我，用对陌生人的眼神。她迅速地爬起来，开始穿衣服。一句话也没有说。

她快要穿好的时候，我打开抽屉，抽出一张一千块，放在她手上。

她的动作静止了，捏着那张钱，停顿了几秒，然后掷在床上，顺手给了我一个耳光。

我听见，她噔噔噔地跑下楼去。我摸摸脸，有些发烫。

至今想来，和宁夏在一起的日子，其实有些突兀，但当时却觉得顺理成章。

在店铺打烊的时候，她经常出现在门口，浅笑着看我。同事们都不是多管闲事的人，所以对我和这个女孩的拍拖，也抱以简单祝福的态度。

他们都注意到女孩穿着的，正是我们店里卖的77。也都说她穿得特别好看，简直可以取代门口灯箱上的广告代言人。

那一天，她身上是一件颜色极其朴素的碎花长衫，头发轻轻地绾着，也不进来，在门口看着我，说不出的娴静。

我们走在旺角的街头。穿过女人街，还有通明的灯火。在这深夜的热闹里，宁夏有些兴奋，恢复了活泼的样子。她随手拿了一件写满了潮语的T-shirt，在身上比画。又或者抄起一个面具，戴在我的脸上，用手机咔嚓咔嚓拍了许多张，全然不顾摊档老板的眼光。

在接近街尾的偏僻地方，有一个很小的摊位，琳琅地摆着一些饰物和玉器。大概大多都是假的。看摊的是个老婆婆，也并没有招徕生意的姿态，竟然半合着眼在打瞌睡。

宁夏蹲下来，在这些东西里翻了一会儿，拣起一对紫色的耳钉，对着光看一看。

婆婆说：小姑娘，紫萤石的。这种颜色不多见呢。

宁夏认真地又看一看，问：多少钱？

婆婆说：我快要收档了，算你两百好不好？

宁夏放下说：折一半我就要。

婆婆抬起眼睛，看看她说：一半钱我卖给你一只，可戴一只是留不住男人的心的。

宁夏大笑起来。她说：婆婆，你留着自己戴吧。我这辈子，就没想过要留住男人。

说罢，她远远地大步走开了。

我想一想，掏出两百块，给了婆婆。

婆婆将耳钉放在我手里，笑一笑，慢悠悠地说：她不要留你。你留住她。

西洋菜街的尽头。我拉住宁夏，把耳钉给她看。她的眼睛亮一亮，说：你给我戴上。

我给她戴了。她问我：好看吗？在暗影子里，萤石发出一种有些诡异的光芒。

这时候，有人走进，一边有嘈杂的说话声。

宁夏突然转一下身，抱紧了我，突然吻上了我的嘴，几乎透不过气。

我们这样抱了几分钟，那些人走远了。

宁夏放开了我。我看一看她，又吻住了她的唇。

我们在我的小屋里做爱。

我感受到了做一个男人的好处，很美妙。宁夏用她的身体控制节奏，让我欲罢不能。

我们没有太激烈的动作。也因为宁夏的从容和娴熟，我们之间没有冷场。在接近高潮的时候，宁夏发出了轻细的呻吟声。

这一刹那，我突然有些醒觉。我的快乐也许是来自这个女人的职业习惯。这让我产生了罪恶感和淡淡的恐惧。

我们躺定下来，身上还覆盖着细密的汗珠。我似乎还能感觉到身边起伏的轮廓。

我起身，找出一支烟，点上，深深地抽几口，想把空虚感充满。

宁夏咳嗽了一声，然后说：我饿了。

我们坐在楼下的“陈记”粥粉店。

因为坐在外面，还可以看到月亮。在楼和楼狭窄的一线天空里挂着。有一些霾游过来，很快被遮住了。

你吃什么？宁夏用点菜纸敲一敲我的手臂。

状元及第粥。我醒过神，脱口而出。

一个叉烧肠粉，生滚鱼片粥，状元及第粥？

宁夏点点头，问我说：你喜欢吃这个？

我说，吃惯了。我阿爷要光宗耀祖。家里的男孩子吃粥，头道就是这个。我哥好歹上过新闻。我呢，祖宗都不要正眼看。所以，也就吃个意头。

宁夏喝粥的样子很轻巧，没有声音，也不说话，很认真地，一口一口喝下去。

她的脸，这时候没有血色。低着头，透过领口，隐隐看得见锁骨。她还是很瘦的。

我突然觉得有些心疼，摸了摸她的头。

宁夏扬起脸，问我：你怎么不吃？

我说：我喜欢凉些再吃。

她是饿了。喝完了粥，肠粉也已经去了一半。

我想一想，终于问她：晚上不用回去么？

宁夏停住了筷子。她用纸巾擦一擦嘴巴，很慢地说：其实你是想问，我晚上不用回去做生意么？

我一时语塞。

她却在这时候笑了。她说：我晚上有自由，是因为我帮他们做别的生意。

我问：是什么？

宁夏没有答我，只是说：你的粥凉了。

六

我最后一次和宁夏一起喝粥，已经秋凉。

那一天一切如常。她接我下班，回家做爱，然后在接近凌晨一点的时候来到“陈记”。

我记得，她依然要了一个生滚鱼片粥，我依然要的状元及第粥。还有一个牛肉肠粉，不对，好像要的是个炸两——肠粉里包裹着油条。

宁夏那天兴致很好，并没有很沉默。她甚至和我讲起了一些八卦。她说，她一个从湖南来的小姐妹怀孕了，已经四个月了才发现。May姐很恼火，追问起来才知道，这小妹妹刚来的时候，连安全套都不知道怎么用——整只吞下去，以为就能避孕了。

她说完，我们都没有笑。

过了半晌，宁夏说：我的双程证要到期了。

我捏了捏手中的纸杯，咔吧一声响，啤酒溢出来了。

我问她：你会回来么？

她低一低头，声音很轻：说不好。

我觉得脸上的肌肉有些别扭，还是挤出一个笑容。我想说的是：我上内地看你，其实很方便。

宁夏打断了我，她说：你留个电邮地址给我吧。

宁夏消失了。在我的生活中，消失了。

打烊的时候，我一个人望着门外，发着怔。

同事们开我玩笑，问是不是同我条女吵架了。这样过去了半个月，我还是望着门外。他们就不再说话了。他们议论说，德仔是同人掟煲[①]了。

店长过来拍拍我的肩膀，说：出息点儿，天涯何处无芳草。

我苦笑一下。

我认真地查看任何一个陌生的邮件地址。不顾计算机系统的警告，打开任何一封来历不明的邮件，计算机中了两次毒。

显示器上，出现一张恶魔的笑脸。然后用尖厉冰冷的声音对我说，我计算机里的文件，已经全部被删除。

我站在旺角街头，已经是夜里十点钟，灯火通明。

我并不知道还可以往哪里去。

年轻的男男女女，走过身边，兴高采烈。

一个中年男人，头上戴着面具，扮作最近很红的立法会议

---

① 粤俚语，分手。

员。他以“栋笃笑[①]”的形式，开始大张旗鼓地批评时政：关于拆除皇后码头，关于高铁，关于竞选答辩等无聊桥段。

围观的人足够多的时候，他突然转过身，褪下了裤子，露出肥满松弛的屁股，上面用浓墨画着特首的脸。依稀看得到股沟里的黑毛，令人一阵恶心。

走到兰街，我的呼吸开始急促。我并不期望有奇迹发生。但是，还是胸口发堵。

这里的女人，或少或老，都有一张不耐而讨好的脸。本来是目光倦怠的，当我经过的时候，突然就炽烈起来。

我像一只在游荡的猎物，无所用心，不知所措。

一枚烟蒂划了一个长长的抛物线，投掷到我的面前，还在燃烧。我一脚踏上去，碾熄了它。

终于站在了楼道口。我抬起头，看到“芝兰小舍”的霓虹招牌是灭的。灯管中间有些断裂，灰扑扑地纠结在一起。看起来有些破败凄凉，像个卸了妆的老女人。

我犹豫了一下，还是走上去。走到四楼，听见嘈杂的声音。看到门前的铁栅已经被拆了下来，靠着墙放着。

一个光着脊梁的男人，扛着一只电钻，走了出来。我问：你们在干什么？

---

① 意译自英文“stand up comedy”，为香港演员黄子华于1990年从西方引进的新表演艺术，一种独口喜剧。

他横我一眼，用很粗的声音说：仲使讲，梗系装修喇。[①]

我顿一顿，终于说：住在里面的人呢？

他用轻浮的声音看我一眼：你话嗰间鸡窦？唔知㖞。[②]我都帮衬过，都想知。

说完，他挥一挥手，让我不要挡住他的去路。

我望了望里面，黑黢黢的，板间墙都推倒了。原来是很空旷的。

七

腊月的时候，阿嫲死了。

她留下了一只金镶玉的戒指，是要给孙媳妇的。

大伯放在我手上，说，生生性性，来年讨房媳妇吧。你阿嫲走得唔安乐，一对眼睛都没合上。

春天的时候，店里的生意维持得不太好，开始裁员，从高层开始，到分店的Sales。

我们店里，先是KK，然后是华姐。华姐怀孕五个月。她

---

① 粤语，意为："这还要问，是在装修啊。"

② 粤语，意为："你说那个妓院？不知道啊。"

临走拍拍我的肩膀，撇一下嘴，说：细佬，我是不想搞事，要不跟他们翻劳工法，他们就死定了。你好好做，替姐争口气。

留下的人，也减了薪水。店长一边骂，一边摇头说要和集团共度时艰。

夜深了，还是在打烊后，我拐上轩尼诗道乘小巴，在旺角下车，走到油麻地，穿过庙街。有时候一错眼，就看到了熟悉的影子。醒过神，又不见了。

我笑一笑，还是往前走，不再做停留。

这城市造就了无数相似的人。走了一个，还有许多。

半个多月了，我睡不着，就起来，去冰箱拿一瓶益力多。

打开灯。在焦黄的光晕里，看见了对面黄家驹的脸，微笑如常。天太潮，海报已经卷曲皱褶。他的笑容倒是生动了一些。

我的头脑里响起了《光辉岁月》的旋律。突然脊背上一阵凉，好像被手指轻轻划过。

益力多的味道酸而甜。我在头脑里默念着那些笔画。

这时候，突然计算机发出马头琴的声音，是来了一封新邮件。我抬了下眼，没有动弹。突然间，心里一凛，坐起身。

打开，一封没有署名和主题的邮件。

只有一个地址，在深水埗的元华街。

我用Google地图找到了这个地址，是一座废弃的工厂大厦。

八

宁夏见到我的时候，把身上的毛毯裹得严实了一些，眼神冰冷。

这房间很小，似乎只放得下一张床，却垂挂着长长的纱幔，发着污秽的粉红色。

一滴水掉下来，落到我的颈子里，一阵凉。我抬起头，看到屋顶上暴露的管道，锈迹斑斑，上面沁着水珠。

我说：你降价了，快餐三百二。

她缩一缩身体，对我笑了笑。

毯子有些滑落下来，露出了她的腿，我看到，她仍然穿着那条77。或许并不是那一条，但我认为是。

我说：不认识了么？今时今日，这样的服务态度可是不行了。

我模仿着电视里刘姓明星的浮华腔调，喉头一阵酸楚。

她慢慢地站起身，说：先洗洗吧。

当她脱得只剩下文胸，我看见了她肩头的那块瘀紫，她立刻遮掩了一下。我仍然看得很清楚。

她看着我，后退了一步。

我走近她，拉住了她的手腕。她颤抖了一下，嘴里发出嘶的一声。

我松开，看见她的手臂上，布满赤褐的针孔，泛着不新鲜的颜色。

我心里有些痛，又有些恶心。对这些针孔，我并不很陌生。我的邻居道友黄，给我上过现实的一课。

宁夏挣脱开了。她背靠着墙，侧过脸去。

我问她：怎么回事？

她嘴角动一动。没有声音，唇抿得紧了一些，轮廓变得坚硬。

我问她：怎么回事？

她没有看我。

我们僵直地面对面站着。

她坐下来，摸索，在床头找到一支烟，点上。她并没有抽，任由它在指间燃了一会儿。沉默中，她忽然开了口：你走吧。

我站在原地没有动。

她抬起头。这回，眼睛里跳跃了一下，好像灰烬里的火苗，灼灼地看着我。她说：你走吧。

我说：到底发生了什么？

她将烟头掷在地上，用脚碾灭了，站起身来，狠狠地推我一把，说：走吧，快走。

在这一刹那，我看见了她脸色泛起了潮红。她咬了一下嘴唇，牙印下却现出了紫白的颜色。她慢慢地瘫软下去，蜷在了床脚。我上前一步。她扬起脸，泪流满面，身体发着抖，用轻得难以辨识的声音说：走……

在我不知所措间，她抬了手，按了一下床头的绿色按钮。

很快冲进来一个人，是个瘦小的男人，金黄色的平头。我和他对视了一下，有些发愣。是的，我也认出他来。他的马尾剪掉了。没有头发的遮掩，看到了他眉骨上一道深深的疤痕。

他错过眼，冲着宁夏嚷起来：死八婆，搅得我觉都没法睡。

他迅速地拿出一条皮管，扎在宁夏的臂弯，然后娴熟地拍打。宁夏虚弱地将头靠在墙上。然而，当针头扎进静脉，她还是战栗了一下，但很快就平静下来，呼吸均匀了。额上细密的汗，也似乎褪去。

她睁开眼睛，眼神空洞。

她轻轻地对我说：你走吧。

近乎哀求。

我走出门。粉色的灯光在我身后熄灭。我听到宁夏在黑暗里叹了一口气，窸窸窣窣地摸到床上，躺下来。

我回转过身，门重重地关上。

男人经过我，说：你怎么还不走？

我抢了他一步，拦到他前面，问他：你们对她做了什么？

男人冷冷地笑一声，看了我一眼：衰仔，倒来问我，我还想问，你对她做了些什么？之前条女不知几乖，识了个罗素街的小白脸，晚上就不愿意接客了。

做鸡不接客，大了胆子说要帮我们去湾仔送货。送了几次，我们老板以为她顺风顺水，放了单大生意给她。真是黐线，成只货[1]给她，当晚被仆街差佬放蛇，返来话货不见了。老板自然不能放过，唯有贱卖她。

我站在暗影子里，捏紧了拳头，指甲嵌进手心的肉里，一阵发疼。

男人似乎没看到什么，只是自顾自地说下去：卖就卖吧，一天多几个男人，闭上眼睛，也不就过来了。粉债肉偿，了结早超生。死内地妹，要逃。旺角就这么大，逃得出去么？她偏是烈性子，人管不住，就只好用粉管住她。月底有条跟货到南洋的船，就带她到吉隆坡去。卖到死都没人管，眼不见为净。

男人意识到什么，突然打住，说：靓仔，这没你什么事

① 黑社会指称海洛因等毒品的交易计量单位，“一只”为700克。

了，快走吧。记住了，要是有差佬过来，死你全家。

她欠你们多少钱？

男人抬起头，看一看我，并没怎么犹豫：加加埋埋，十七万。

我咬一咬嘴唇，说：我还。

男人笑一笑，声音却带了些狠：好小子，重情义。行，给你一个星期。期限过了，可就由不得你了。

我不知道我是如何走出这幢大厦的，只感觉到耳畔有些阴阴的风。很冷。

又下雨了。今年的春天，本就来得迟。下了雨，就又是一层凉。

走到街口，看到一个老婆婆推着小推车，车上是一摞压扁了的纸箱，大约是她今天捡来的收获。箱子上搭着一捆颜色不太新鲜的西洋菜，车子往前走一走，菜就颤巍巍地抖一抖。婆婆回过身，长长地唤：阿龙。

就看见远远地，一个小男孩跌跌撞撞地跑过来。站定了，扯了老婆婆的衣角。祖孙俩就一起慢慢地往前走。

我看着他们的背影，有些出神。

九

我凑到了九万块。

这是第五天。每一天，我走到元华街。我数到了那扇窗子，其实只是一扇气窗。但我似乎还是能看到粉红色的灯光，浅浅地放出来，是宁夏在里面。

有时候，窗子是黑着的。我就站在那里，等着。等那窗子又重新亮起来。我才会走。

宁夏在里面。

我大概筹不到更多的钱了。我对他们说：经济不好，公司裁掉我是看得见的事情。我想和朋友在油麻地合伙开个服装店。

大娘给大伯使眼色。大伯只当没看见。大伯写了张支票给我，上面是五万块。大伯说：德，这钱是留给你娶媳妇的。现在给了你，以后可就没有了。

我说：哦。

朋友们都说，林布德不是轻易跟人开口的人，要帮的。

我凑到了九万块。

我打电话给那个男人。

我说：能不能再给我一个星期？

他说：我们老板说了，人能等，船不能等。

我沉默了。

他顿一顿，说：也不是没有办法。

我听他说完了，说：让我想一想，等会儿打给你。

十分钟后，我打给他。我说：好，我答应你。但是，我要上去看一看宁夏。

他愣了一会儿，说：来吧。记得先带上那九万块。

宁夏很安静地躺着，没有声息。

脸苍白着，但是呼吸匀净。床头柜上摆着针管，大概是刚刚平复下去。

我用手指撩起她的额发。这仍然是一张好看的脸，只是很瘦了，眼窝有些陷下去。眉目就没有这么柔和了。

她的颈项上，还坠着那个银色的十字架。因为人瘦，胸前空落落的。

我摸摸她的手，还是温暖的。我把她的手，放到被子下面。想起了，又拿出来。我从口袋里取出那枚金镶玉的戒指，戴在了她的无名指上。不紧也不松，正好。

这是阿嫲留下来的，传给她的儿媳妇。

我并没听到，这时候，我哼起了一支熟悉的旋律，是《光辉岁月》。我也没有看到，这时候，有一滴泪，从宁夏的眼角滚落下来。

十

这个叫深圳的城市，对我是陌生的。

虽然，和我生活的城近在咫尺。

也许将来也还是陌生的。我并没有看到它。过了皇岗口岸，上了一辆面包车。我被戴上了黑色的头套。

在暗寂里，只有耳朵是自由的。没有人说话，只有呼吸的声音。粗重的，轻细的，急促的，缓慢的。车在半途中停了，好像上来一个人。大概是个女人吧。因为多了轻巧的嗑瓜子的声音。这声音放大了，我好像听见瓜子壳被门牙迸裂，然后她用舌尖将瓜子仁从壳里轻轻挑了出来。瓜子仁混着唾液，在她的臼齿间碾碎了，然后被她吞咽下去，滑腻的声响。

一辆摩托车呼啸而过。轮胎在柏油路上粗粝地摩擦。然后，远远地听不见了。

我想起了哥哥。

我躺在黑暗中，听见金属碰撞的声音。

是一个手术台吧。我将要在这个手术台上，失去我身体的一个部分。

这个部分，值八万块。

我听见麻醉药注入了我的血管。和血液混在一起，向我的身体扩散。

我还是清醒的吧。

皮肤被划开，不疼，一阵凉，刀深深地探进去。又是一刀，再一刀。

我的身体重了，坠下去，又被托起来。我看见了，许多张脸，在看着我。他们对我伸出手，每只手，都是冰凉的。

嘈杂的声音，蚊嘤一样。近了，有什么东西沉重地落下，轰的一声响。我跌在地上。

我睁开眼睛，发现自己还活着。

我躺在水泥管道里，身体下面集聚着黏腻的液体。黑暗潮湿，呼吸不畅，铁锈的腥气漫溢。像是躺在一具身体里，很温暖。

终于。

我想喊一声，但没有了力气。于是我重又躺下。有一些液体流淌出来，漫过我赤裸的身体，积聚到了臂弯。

我这才发现，让我温暖的，是我自己的血。

德律风

她

我再也没有等到他的电话了。大约每次铃声响起的时候，我都会心里动一动。终于动得麻木了，只是例行公事地跳一跳了。

他

我很想，当我走出来的时候，那些人看着我。我突然喊起来，我想再打一个电话，可是，没有人理我。那个攥住我手的警察，很同情地看了我一眼，然后说：够了。

当我来到这座城市的时候，天气很好。

天已经很暗了，但四处还都亮着。城里人，到这时候，就精神了。我倒困得很，村里的人都睡了吧。我娘还有我妹，该都睡过去了。我听人说，有个东西，叫时差。就是你到了一个地方，人家都醒着，你直想睡。我该不是就中了时差了吧。

都这么晚了，城里人都走得飞快。操，都被人撵屁股了。我就坐下来。水泥台阶瓦凉的，又没凉透彻，不如咱家门口的青石条门槛凉得爽利。

这么多的腿，在眼前晃来晃去地走，我有点儿头晕。就往远处看，远处有五颜六色的灯，有的灯在动，在楼上一层层地赶着爬。那楼真高，比我们村长小三层都气派。可是，那楼能住人吗，这么高，怎么觉得暄乎乎的。二大家的大瓦房，都夯了这么深的地基。看不到顶的楼，得咋弄，得把地球打通了吧。乡里的地理老师说，我们是在北半球，那打通了，就到南半球去了。南半球是啥地方，是南极吗？我读到小四，记得语文有一课讲南极，什么南极勇士。

我坐得屁股麻了，站起来。城市真是跟过节一样，到处都是热闹劲儿。迎面的楼上，安了一个大电视。电视上的小轿车跟真的一样，直冲着开过来，吓了我一跳。车上的人一笑，一嘴的大白牙，都跟拳头这么大，怪瘆人的，哈。李艳姐嫁到镇上去，跟我们说她家有个大电视。比起这个来，可算个啥！

她

我从视窗望出去，能看见对面的楼。那楼这么高，成心要看不起我们住的地方。楼上刷了一面墙的广告，广告上的外国女人，也高大得像神一样，成心要看不起我们的。欢姐说，她身上的内衣，要两千多一套呢。就这么巴掌大的布，什么也遮不住，两千多一套，要我接多少个电话才够？她那样大的乳房，挺挺的，也是霸气的，配得上那身鲜红的内衣了。

小时候，听七姥说过镇上姐妹的事。七姥还住在镇西的姑婆屋里，像是祠堂里的神。七姥的头发都掉光了，姑婆髻只剩下了个小鬏鬏。她说她自梳那年，天大旱，潭里的鱼都翻了眼。可就是那年，翠姑婆犯下了事。七姥眯着眼睛，对我们说：那个不要脸的，衣服给扒下来，都没戴这个。七姥在自己干瘪的胸前比一比。我还能记得她浑浊的眼突然闪了光。七姥说：真是一对好奶。翠姑婆给浸了猪笼，是因为和下午公好。翠姑婆沉下了龙沼潭，下午公不等人绑，一个猛子扎下去。谁都不去追。半晌，远远看见他托着猪笼冒了一下头，再也不见了。后来，听人说，在江西看到了下午公，给人拉了壮丁。翠姑婆也有人见过，说是掂了一个钵，在路上当了乞婆。也有人讲她和一个伙夫一起，开了个门面卖她自己。七姥每次说到临了，就对一个看不见的方向，啐一口，说：你们看，一个填炮灰，一个人不人、鬼不鬼，都不如在潭里死了干净。所以，人的命，都是天注定，拗不过的。五娘进来，拧了她的女儿小荷的耳朵往外走，一面说，你个老迷信，“破四旧”少给你苦头吃了，又在这儿毒害下一代。小荷跟五娘挣扎着走远了。七姥闭了眼睛，深深叹一口气。现在想想，觉得七姥说的，其实是有一点儿对的。

七姥说：女人远走，贱如走狗。没有人信这个邪。镇上的女仔都走了，走了就不回来。就算活得像狗，也不回去。

一算，我也出来了四年了。

四年有多长。对面楼过道里的消防栓，两年前都是新的，这也都锈得不成样子了。锈了，到去年底大火的时候派不上用场。亲眼见一个姑娘从楼上跳下来，摔断了腿。说起来也真是阴功。我们老板娘说，那家娱乐城早晚要出事，别以为上面有人罩着，风水不好。

他

醒过来，脖梗子疼得不行，身上还盖着一块塑料布。不知啥时候睡过去的。我想起来，赶紧摸了摸下裆。还好，东西都还在。昨天夜里头，走着走着，突然下起了鸡毛雨，越下越大。我看到跟前的大楼挺亮敞，楼门口还有个大屋檐子，就跑过去，挨墙根蹲下来。谁知道有个女的走出来，手里拎着个笤帚，笤帚把在水泥地上顿了顿，撵我走。她用电影话说：快走快走，好好的一个城市，市容都让你们这些人搞坏掉了。哦，我们那就管这叫电影话。放映队到我们村里放电影，里头人都说这样的话。其实就叫个普通话，我们说惯了。我没办法，就又跑出去。跑到另一个楼，是盖了一半的。脚手架都拆掉了。我后来知道，这叫烂尾楼。走进去，里面还有几个人。有个大爷坐在一摞纸皮箱上，正在点烟抽。看见我，顺手递过来一根。我说我不会。他说：男人哪有不抽烟的。就给我点上。我接过来，抽了一口，使劲地咳嗽。他哈哈大笑起来。隔了半晌，他在地上铺了层报纸，又打开一摞铺盖，说：今天这雨是小不了了。又看我一眼，扔过来一件破汗衫和裤衩，说：年轻人，穿湿衣服过夜可容易着凉。这城里看回病，金贵着呢。我笑一笑，接过来，又想起，衣服和裤裆里有我娘缝的钱。就还给他，把衣服紧一紧。他也笑一笑，说：乡下人。

娘说：男儿金钱蛇七寸，得使在刀刃上花。这大清早，不知怎么转进了条巷子。一路都是卖早点的，油饼味，那叫个馋人。我在个包子铺门口，咽一下口水。门口的小黑板上有字，一个肉包子三毛钱。我一想，这得我娘卖多少酸枣才管够。心一横，转身就走。这一转，胳膊打在一团软软的东西上。我一回神，看见双眼睛要把我吃下去。是个高个子的小女人，模样不错，头上满是卷发筒子。她一只手端着几根油条，一只手揉着胸口，冲我吼起来：要死喇，臭流氓。说完眼一瞪，说：挨千刀。就走了，边走屁股还边扭，扭得花睡衣都起了褶子。旁边卖油条的翘起兰花指，捏着嗓子学一句：挨千刀。然后冲我做一个鬼脸，说：小老乡，你是占到便宜了。我哼一下，心想，小娘们儿，说话这么毒，送给我我都不要。可这么想着，胳膊肘却有点儿酥麻酥麻的。

转悠了大半个上午，日头猛起来，一阵阵的汗出，也是心里饿得慌了。我大了胆子，走进一间铺子。一进去，几个年轻人就弯下腰，对我说：欢迎光临。也用的电影话。这些年轻人都戴着围裙，旁边是个小丑样的外国男人，长着通红的鼻子。我轻轻问一个年轻人：这儿有活干么？

这年轻人皱一皱眉头，向街对过努一努嘴。这时候一个顾客走进来，他便立即又换了一副笑脸。

我迎着太阳光望过去，街对过的路牙子上，站了、蹲了一群人。有男有女，脸色都不大好。一个高个儿剔着牙，脚跟前支着块三合板，用粉笔写着两个斗大的字——“瓦工”。一个胖女人半倚在一辆自行车上，车头上挂着个牌子，写着“资深保姆”。我就明白了，他们都是找工作的，等着人来挑。我也就瞅个空儿站进去。还没站稳，身旁一个紫脸膛的男人就撞了我一下，恶狠狠地说：没规矩。我一个踉跄，不小心踩到他跟前的白纸上，“全能装修”四个字用红漆写得血淋淋的，也是凶神恶煞相。他冲我挥一挥拳头，刚才的胖女人赶紧把我拉过去，让我站到她旁边，一边也叹口气，说：小伙子，你也别怪他。谁也难，各有各的地盘。他早上五点钟就站这，都站了有三四天了。我说：婶儿，城里工作难找么？她就说：难，也不难。难是个命，不难是个运。

这儿在市口里，来来往往的人多得很。停下来的人倒很少。偶尔有停下来的，就看得很仔细，在我们跟前晃荡来晃荡去。眼光在我们身上走，毒得很，好像在挑牲口。紫脸膛见人来了，就举着白纸迎上去，倒把人家吓了一跳。又站了两三个钟头，就觉得脚底下有点儿软。这时候走来了个戴墨镜的男人，头发梳得油光水滑，看上去就是个大老板。大家都来了精气神儿，原先蹲着坐着的，这下全站了起来。我也暗中挺一挺胸。男人眼睛在人堆儿里扫了一遍，向我走了过来。他突然一出手，在我胸脯上捣了一拳。我晃一晃站住了。我看见他嘴角扬了扬，然后问我，会打架么？我心想，哪个乡下孩子小时候少过摔打，就使劲点了点头。他将墨镜取下来，我看见一张有棱有角的脸，眼角上有浅浅一道疤痕。我听见他说：就你了。

他说：叫我志哥。

我跟着志哥走进一座金碧辉煌的大房子，跟宫殿似的。一进去就是炸耳朵的音乐，一群男男女女在一块儿乱蹦跶。

一个男的，说是行政经理，拿了套衣服给我。每个月两百块，包吃住。

我穿上了，志哥嘿地乐了，说：小伙子穿上还挺精神，真是人靠衣装。我看了看窗玻璃里头，是个挺挺的年轻人，好像个警察，怪威风的。就这么着，我这就是亚马逊娱乐城的保安了。

她

对面的娱乐城吵吵嚷嚷的，每到这个时候，他们就活过来了。那霓虹的招牌，到晚上才亮起。白天灰蒙蒙的，夜里就活过来，是一男一女两个人形，随着音乐扭动，那姿势也是让人脸红心热的。底下呢，停的一溜都是好车。人家的生意好，钱赚在了明处。欢姐眼红，说这群北佬，到南方来抢生意，真是一抢一个准。说完就“呸呸呸”，说一群死仆街，做男人生意，还做女人生意，良心衰成了烂泥。姐妹们背里就暗笑。谁都知道，她去找过亚马逊的老板，想让人家把我们的声讯台买下来，说，现在娱乐业并购是大势所趋，互惠双赢。还举人家美国拉斯维加斯的例子，说要搞什么托拉斯。人家老板就笑了，说买下来也成，那我得连你一起买下来。欢姐是个心劲儿高的人，这两年虽然下了气，这点骨头还是有的，就恨恨地掀了人家的桌子。后来很多人都说，去年底亚马逊那把火是欢姐找人放的。不过，这话没有人敢明着说，我们就更不敢说。

隔壁又吵起来了，左不过又是因为小芸练普通话的事。这孩子，为了一口陕北腔可吃尽了苦头。有客打进电话来，没聊几句，听到她说得别扭，就把电话给挂了。上个月的业务定额没达标，叫欢姐训惨了。别人的普通话也不标准，像自贡来的妞妞，连平翘舌都分不清楚。可是人家说话，带着股媚劲儿，说着说着，一句嗲声嗲气的“啥子么”先让客人的骨头酥了一半。小芸是个要强的孩子，寻了空就在宿舍里练普通话，跟着磁带练。练得忘了情，声音就大了，吵了别人。做我们声讯台的，每天都争分夺秒地睡一会儿。我是上夜班多。有个客打电话来，说：你是个蝙蝠女。我就问他：怎么个说法呢？他就说：因为昼伏夜出。我就笑了。这人说话文绉绉的，我不大喜欢。可是，蝙蝠女，这个称呼挺好听的。

隔壁吵嘴的声音停了，换了小声的抽泣。我叹了一口气。

黐线。听见有人轻轻哼一声，掀开门帘走了出来，是阿丽。阿丽是佛山人，和我是大老乡。她在我们这里是出风头的人，工分提成最高，是业务状元。姐妹们都看她不上。她倒是会和我说上几句体己话，说自己是心比天高，身为下贱。贱不贱不知道，可是她真是红。来了几个月，把姐妹们的“线友”生生都抢光了。

底下有男人的叫喊声。我看过去，是亚马逊的保安队在操练。这些年轻汉子，白天碰到他们也是无精打采的，到了晚上就龙精虎猛了。其实都是长得很精神的男仔，但脸上都带了些凶相。人一凶，就不好看了。可是，他们老板的对头太多。不凶，又要养他们做什么。看他们列队，走步，走得不好的罚做俯卧撑，就好像每天的风景。可是今天，好像有些乱。我看清楚了，是因为有一个瘦高的男孩子，步子走得太怯，走着走着就顺拐了。他脸上也是怯怯的，没有凶相，是新来的吧。那个胖男人，走过去，用皮带在他胳膊上使劲抽了一下。他一抖，我心里也紧了一下。队长吹了哨子，男人们都走了，就剩下这个孩子。一个人趴在地上做俯卧撑。我就帮他数着，一下，两下，三下……他一点儿也没有偷懒，每一个都深深地趴下去，再使劲地撑起来。

他

我不知道为什么要打那个电话，兴许是心里难受吧。

我真不中用。这身上的皮带印子也不长记性。一个人在这儿，心里躁得慌。

这才一个来月，就惹了祸。

我不知道自己那一拳头是怎么打出去的。那几个客人欺负女孩子。我不是看不过眼，可就是拳头不听使唤，我把他的鼻子打出了血。老板让我滚，说看不出你平时这么㞞，这会儿倒英雄救美来了。你来了这才几天？你知道你打的是谁，税务局局长的公子。把你整个斩碎了称了卖抵不过他一根汗毛。

老板让我滚。志哥说：这孩子刚来，不懂规矩，又没个眼力见儿。我看，先别让他干保安了。罚他晚上去监控房看场子吧，平时跟哥几个多学着点儿。

老板说：让他滚。

志哥就笑了，说：老板您消消气。我看这孩子挺单纯，兴许以后有用。前面找来那几个，那邪兴劲儿，您吃得消？

老板就挥挥手，又叹口气说：路志远你就是妇人之仁，别怪我没提醒你。你自己看着办吧。

志哥说：以后放机灵点儿，这些人都是爷。权和钱都是爷。爷说话，不对也对。你，对也不对。

监控房，是娱乐城楼上的一个小房间。小是小，整个娱乐城倒瞅得清清楚楚。一字排开一排小电视，志哥说，这叫监视器。然后就教我怎么用。最左边的是两架电梯，然后是经理室后面的楼梯间，财会室走廊，大包厢。我看见酒吧间里几个人影，好像喝高了，动手动脚的。就问：监视谁，捣乱场子的吗？志哥笑笑，说：对。不过，打紧的倒不是他们，是条子。他指指中间的两台，说：这是前后门五十米的地方，发现了可疑的人，就按这个红键，每个包厢的灯就亮起来了。最近风声紧，给他们突袭好几次了。

我使劲地点点头，觉得自己的责任还挺重大的。

一个人待在房间里，才闻见有股子怪重的烟味。监控房原来是个叫小三的人看的，小三去老板新开的桑拿做了。后来又有人说，他搞上了个不该搞的女人，给人斩了。

余下的几天，我就天天盯着监视器，盯得眼睛都痛了。可是，一个星期过去了，似乎也没发生什么事。荧幕里的人，无非是些男男女女，女女男男。偶然看到点儿小纠纷，我还没看清楚，保安就出来摆平了。

我有点闷了。

房间里头乱糟糟的，我就想，我来拾掇拾掇吧。

这儿到处是小三留下来的东西。半碗泡面，里头还泡了几个烟头。抽屉里有一沓影碟，一包开了口的炒南瓜子。空调在线挂着个裤衩，上面印了个女人的口红印子。

我洗洗擦擦，又找来拖把，把里外的地也拖了一遍。一个多钟头儿，收拾得也都差不了。

还有一堆杂志跟报纸，都在墙角摞着。我码成一沓，绑起来，归置归置想扔到门外头去，又一想，就给拆开了。闷也是闷着，不如看看打发时间。

都是过期老旧的报纸，上面沾了一层灰。翻开来，是前年初日本地震的事。日本神户东南的兵库县淡路岛，7.2级。应该是挺大的灾祸吧，得有多少人遭殃呢。这张说的，是邓丽君去世的事。邓丽君是谁呢，我就读下去。原来是这么大的一个歌星。还有张照片，多好看的人哦，大大方方的。才四十二岁，可惜了。我就这么一路翻着，看不懂的就跳过去。广告也不看。广告可真多，这页又是广告。有一排红色的数字跳出来，是个电话号码。底下有一行字："挑逗你的听觉，燃烧你的欲望，满丽声讯满足你。"旁边有个女人的上半身照片，穿得这么少。我脸红了一下，心也跳了一下。我望一望手边的电话机，愣了一会儿神。我慢慢地按下那个电话号码。通了，我一愣神，拿着听筒。突然响起了一个女人的声音：您好，满丽热线。

她

接到这个电话的时候，我正在犯困。

值夜班是痛苦的事。凌晨的时候，电话响起来，听起来特别瘆，我们就叫"午夜凶铃"。可是"凶铃"往往也是意外的收获，这时候打电话来，要不就是很无聊的人，要不就是失眠的人。所以，往往和你聊起来没完没了，不可收拾。想想每一分钟都是钱，精神也就打起来了。

电话那头没有声音。

我连说了几个“你好”，还是空洞洞的。这时候，突然听到了粗重的喘息声。

我笑笑，心里有些鄙夷。这种男人，我可见多了。

我说：你好。

对面这时候有了响动，也说：你好。

声音似乎很年轻，有点发怵。

我说：这位朋友，欢迎拨打满丽热线。很高兴您打电话来和我聊天，我是093号话务员。

他的声音壮了一些：你们，都管聊啥？

什么都聊，聊感情，事业……生活，只要是您感兴趣的，我们都可以聊。

啥生活？

隔壁的阿丽发出了轻微的呻吟声，这是她的撒手锏。想到这个月的定额还差一大截，我咬咬牙，说：性生活。

那边没声音了。过了几秒钟，结巴着说，还有旁的么？

我在心里冷笑一声：小朋友，家长不在家偷着打来的吧。快挂了吧，明天还要上学。

那头愣一愣，问：啥？

我有些不耐烦，不过还是很温柔地问：你满十八岁了么？

这回，他倒是回答得很快，好像有些不服气：我十九啦。

我决定和他多聊几句：你有女朋友么？

他犹豫了一下，说：你是说物件吗？我原来有一个。后来她嫁人了。

我心里飞快地过了一下，这是个俗套故事的开始，用我们的术语来说，有一定的业务潜力。

说起我们的业务，算是包罗万象。职业敏感度都是锻炼出来的。欢姐说，打给我们电话的，不是心理有问题，就是生理有问题，再不济的就是都有问题。所以，我们手边也摆着那么几本业务书。头痛医头，脚痛医脚。台面上是《心灵热线》《心理咨询大全》，平常翻着充充电，再来不及就照本宣科。最好用的是《知音》杂志，不动声色地读上个一两篇，半个小时的话费就赚到了。碰上装深沉的，就用弗洛伊德砸他，说几句我们自己也不懂的云山雾罩，电话那头很快也就晕了。不过这半年，抽屉里多了些“培训材料”“激情宝典”之类，以备不时之需。

好吧，那就留住他，多跟他聊一会儿。我就用很诚恳的语气说：是怎么回事，能和姐姐说说么？

他轻轻地“嗯”了一声，说：我们两家是邻居，我跟她是小学同学。她叫林淑梅，小名叫丫头。丫头从小就长得好看，像个城里人，全村人都稀罕她。可是她说她就喜欢我。他们家承包了乡里的果园，比我家有钱。她说钱可以慢慢挣，人厚道最重要。我家穷，家里要劳动力，我爹死第二年，学就没上下去了。不过我跟丫头说好了，她高中毕业，就娶她过门。可她爹把她许给了村里马书记的儿子。我们就分开了。

我有些犯困，忍下了一个呵欠。这是个女版陈世美的故事，我能编出一箩筐。不过为了保护他的积极性，我还是问：后来呢？

电话那头是长久的沉默。在我准备打发他挂电话的时候，他的声音传过来：后来她离婚了。

他说：村里人说，她过门后不能生，她男人就嫌她，老打她。后来她男人到外面做生意，带回来一个女人，大了肚子的，就要和她离婚。在我乡里，女人要做不要脸的事才离婚。可是，她男人要跟她离。她不愿意离。她男人就不着家了，说不离就不回来。后来还是离了。我就跟我娘说，我要娶她。我娘就掩我的嘴，说我是单传，娶回来了不生蛋的，就是头凤凰又管啥用。

我听了有些气，就说：你娘这叫干涉你的婚姻自主。

他说：我娘不容易，一个人拉扯两个孩子。我们老丁家，香火本来就不旺。我出来打工，就是为了挣钱。我听说，城里有办法医不生孩子的病。等我挣够了钱，要带丫头来看病。其实，我不想出来，我想我娘和我妹子。我娘说，出来了，就要出息，体体面面地回来。到时候，我就把丫头娶回来。

我在心里叹了一口气。这些年轻人到这里来，心里多少都有个梦，可大可小。我也是其中一个。这时候，我听见很压抑的声音，从电话那头传过来。当我听出来，这是哭声的时候，也有些慌了神。

我说：你，还好吧。

他似乎鼻子嗡了一声，说：我，就是觉得自个儿太没用。出来都一个多月了，什么也没干成。

我说：你才十九岁，路还长着呢。

他说：姐姐，你有喜欢的人么？

我说：你倒是问起我来了。有吧，我一把年纪了，你说我有没有。

他说：他会娶你吗？

他问得很认真，我暗暗地笑了一下，同时心里却一凛。为什么这句话，我现在听来好像笑话一样。突然间，我想起了翠姑婆。

我说：他该娶别人了吧。恐怕孩子现在都有了。不过，不是他不要我，是我不要他的。我嫁给了他，估计这辈子就出不来了。现在的年轻人，谁不想出来看看。你是个北方人吧。你出来的时间太短，再过一阵子，你就只想以后的事，不想以前的事了。

这时候，我听到那头乱糟糟的，我听见那男孩匆匆喊了声

“姐”，电话就断掉了。

他

我远远地听到李队长的声音，有些慌。李队一推门就进来了。

这胖子又喝得醉醺醺的。我不喜欢他，以前训练的时候，他老用皮带抽我。现在这家伙拎着一瓶啤酒，闯进来。膝盖头碰在凳子上，“哎哟”了一声。

他把酒瓶掼在桌子上，抬头看一眼，说：小子，拾掇得不错，换了新岗位了。我以前总来这儿找小三喝酒，现在叫作“故地重游”。变样了，认不出了。他从腰里拿出一个纸杯，倒了半杯。又打开个纸包，里头是花生开心果，不知道从哪个客桌子上搜罗来的。他把纸杯塞到我手里，说：喝。我挡了一下，他眼睛一瞪，说：妈的，老子叫你喝。这苦日子要没有酒，可就更苦了。

我就喝了。我不喜欢喝啤酒，酒不酒水不水，一股子怪味。

他眯了眼睛看了看我，说：你小子，有点正义感。我欣赏。可我要提点你一句，别跟错了人。

我说：李队，你醉了。

他哼了一下，说：我醉？我心里明镜着哪。那个路志远，你知道他是个什么人，别以为他替你说了几句好话，以后就对他死心塌地。我这儿，谁的黑底也有。他什么人，当年也就是个“鸭头”。哦，我不说你哪懂呢？什么叫“鸭”，就是专跟女人睡觉捞钱的货色。也就靠那裆里的二两本钱。如今好，变成公司的股东了。老板都看三分面子，风水轮流转嘛。

李队赤红了脸，眼神突然定了，然后趴到桌上吐起来。这下喷得到处都是。我一阵反胃，把头扭到一边去。突然，我僵住了，一把将他推开，举着溅满了脏东西的报纸冲出去。我把报纸放在水龙头底下小心翼翼地冲。看见那个微笑的女人渐渐干净了，这才松了一口气。

我把报纸贴在窗玻璃上，又把电扇掉过头，对着报纸使劲地吹。风过来了，报纸也就动了起来。女人的身体好像在轻轻地摆动，很好看。只是电话号码的地方已经破了一个洞，不过不打紧，我已经记下来了。

我躺在床上，心里有一种很奇怪的舒坦。月光透过了报纸，毛茸茸地照进来。我笑了一下，睡过去了。

又到了晚上，我照着志哥教我的，把昨天的录像带重播一遍，在笔记本上记下了几个VIP的出入记录、消费时间、叫台号。志哥说，这几个人，都是老板的老交情了。有做生意的，也有当官的。老板为这些人都立了一本账，为他们好，也为我们好。

做完这些，我拿出白天买的信纸，给我妹写信。这是头一回给家里人写信。本来想得挺好的，该写点什么。可是，手却不听使唤。写了几个字，就有一个字不会写。我心里就有点恼。这样花了一个半小时，才算写满了一页纸。我装进了信封，可没有我妹乡里中学的地址。我想一想，就写了村里小学校的地址。

客人差不多都散了。我抬起头，看见窗户上的报纸已经要干了。我轻轻取下来，用剪刀把那个广告裁下来，夹进笔记本里。

我又拨了那个电话。通了，电话里传出一个女人的声音，对我说：您好，满丽热线。

我说：我不找你。

电话那头愣一愣，说：那你找谁？

我说：我找093号话务员姐姐。

女人干笑了一下，好像对远处喊：阿琼，有个情弟弟要找你。接线。

电话传来音乐的声音，很好听。然后我听见有人轻轻地“喂”了一声。

我说：姐，我知道你叫阿琼。我叫丁小满。就是你们热线的那个“满”。

我听到她发出很小的笑声，说：我没有问你叫什么。

我说：因为我是“小满”那天生的。村里的陈老师就给我起了这个名字。

她说：哦，你是昨天打电话来的小弟吧。昨天电话断了。

我有些高兴，想她还记得我。就说：是啊。

她说：你的名字不错，俗中带雅。你这个陈老师，是个有学问的人。

我说：陈老师是我村里最有学问的老师，可是……命也苦。

我听到她轻轻地叹一口气，没有说话。

我说：我村里对陈老师不好。我听我娘说，陈老师老早就到我村来了。我村来了好多城里人，那时候叫知青下放，是毛主席叫他们来的。叫他们在我村里扎根。后来，陈老师就和大秀她妈结婚了。再后来，其他知青都回城去了。陈老师没有走，大秀她妈让他走，他也不走。我村里的孩子，都是陈老师教出来的。我是，我妹也是。我妹今年要初中毕业了，书念得好。陈老师说，考好了就去县里念高中去。我家就算有个女秀才了。可是，陈老师在小学校，到现在还是个民办教师。我娘说，民办低人一等。村长家的小五是陈老师的学生，初中毕业回来教书，现在都是正式教师了，吃公粮的。陈老师还是个民办的。

我突然有些说不下去，说这些给琼姐听，心里一阵难受。

我出来的时候，听村里人说，陈老师得了不能治的病，叫肝癌。我去小学校看他，说是已经给送到县医院去了。村里人都说，陈老师是累的。我就想起小时候上学，村里的河水没膝盖深。陈老师守在村口，把我们一个一个背过河去。我学上不下去第三年，我家也没钱供我妹了。也是陈老师给我妹垫了学费，读完了小学。

这时候，我听见阿琼说：很多有本事的人，命都不大好。我们广东有个康有为，是个很有本事的人。就是太有本事，后来连家都回不了。

我说：他也是出来打工的吗？

阿琼笑了，说：不是，他是个革命家。他具体做过些什么，我也不清楚。这些都是读书时候，历史老师说的，早忘了。我们广东，出了不少革命家。孙中山你知道吗？也是我们广东人。

我脸上有些发烧，因为她说的这些人名字，我都不知道。我的文化水平太低了。

我就说：姐，你们家乡真好，都是出名的人。

阿琼说：我们广东出名人，我自己家乡倒也没出什么人。要说顺德有名的，一个是电饭煲，三角牌，全国驰名。你看武打片么？就是那个演陈真的梁小龙做广告的。还有一个是老姑婆，就是一世不结婚的女人。这个叫“自梳”，有历史，几百年了。

我心想，在我村里，女子上了十五，媒人不上门，爹妈都急得团团转了。哪还有说敢不结婚的人呢。这两年《婚姻法》普及了，姑娘们当娘的日子，才缓了一缓。

我说：姐，当真不结婚么？没人管？

阿琼想一想，说：管不了吧。女人自食其力，有了钱，谁也管不了。我们那儿的自梳女，犀利的孤身一人就下南洋去了，比男人豪气。我来这儿前两年，我们镇上来了一群外国人，做什么研究课题，还去采访我们镇上的七姥。说我们顺德，是亚洲的女性主义萌发地。

我不知道啥是女性主义，但想一想，心里不是个滋味，就说：女人没个婆家，老了都没有个靠，很可怜。

那边咯咯咯地笑起来。笑过了，声音却有点冷：看不出你小小年纪，头脑还这么封建。我就不想结婚，我没觉得自己有什么可怜。人不是都活个自己吗？男人要是都靠得住，我们还要吃这碗饭做什么？

我说不出话来，觉出她有些不高兴了。我不知道我说错了什么，但就是说不出话了。

过了一会儿，我听见她说：小朋友，你该睡觉了。我们有业务规定，我们不能挂客人的电话。你挂吧。

我放下了电话。

她

我没有想到，他会跟我说起这个。这算是怎么一回事。七姥跟我们说过，按旧俗，自梳女不能在娘家百年归老。有些自梳女名义上嫁给一个早已死去的男人，叫作“嫁鬼”或“嫁神主”，身后事才可以在男家办理，由男家后人拜祭。有些名义上嫁给一个男人，一世不与丈夫接近，宁愿给钱替丈夫“纳妾”。死后灵牌放在夫家，不致“孤魂无主”，这叫“守清白”。

我们镇沙头鹤岭有座冰玉堂，“文革”时候给毁过一次。后来重新修了，我上去看过。摆得密密麻麻的都是自梳女的灵位，有些上面还镶着照片。不知道为什么，看这些照片，都有些苦相，眼神也是清寡的，或许因为长久没有为男人动过心了吧。

老了都没有个靠，很可怜。

我心里颤了一下，来到这城市四年，我似乎真的没有对任何一个男人动过心。不是没有男人，是没有对男人动过心。或许这样，对这份职业是好的。这么多的男人打过来，都是假意，也可能有一两个是真情。可是，如果跟他们假戏真做，人也就苦死了。

我想起了上次偷偷和一个“线友”见面的情形，苦笑了一下。那时候刚刚来一年，心还没有死。

说起来，翠姑婆比我幸福，她为她的男人动过心，哪怕最后是个死。

小芸靠在沙发上睡着了。我走过去，给她身上盖了件外套。这孩子，昨天跟她的小老乡男朋友在台里大吵大闹。上个月的业务记录，又是台里最低的。练普通话有什么用呢？她这火暴脾气，是得改改了。我看着她的样子，还是孩子气得很。突然又有些羡慕她。年轻真好，脾气都是真的。

小芸是接俞娜的班。俞娜做了半年，就嫁了人，嫁给一个煤气公司的小主管，年纪却不小，顶败了一半了。俞娜走的时候，大家抱着哭成一团。俞娜后来又回来，抱着个刚满月的小女孩，在她结婚半年后，她跟那男人分居了。欢姐说，不是不想收留她，可是这工作时间不稳定，怕苦了孩子。

要是高中毕业那年，我嫁给那个卖蛤蜊的男人，现在也该有一儿一女了吧。舅母说我是读书把脑壳读坏了。现在想来，她好像是有一点对的。

我坐下来，点起一支烟。其实我很少抽烟，怕毁嗓子。嗓子是我们吃饭靠的东西。我的嗓子本来就不是很好，有点沙哑。可是，有个客人跟我说，我的声音有味道，好像台湾的歌星蔡琴。

别人抽烟，是为了解乏。我抽烟，是因为睡不着。

这一天，丁小满没有来电话。

十一点三十分到十一点五十七分接到一个叫“欧文”的听众电话，约我见面，我好言好语打发他放了电话。一点五十八分到两点五十九分接到一个王姓听众的电话，标准男中音，挺好听，带点磁性。他说要和我探讨低地战略导弹和洲际导弹基地的建设问题。这实在是有些难为我了，我抱歉地请他挂了。其实，我是喜欢读书人的，就是不大喜欢他们的迂劲儿。说起来，我弟明年就从技校毕业了，也算是个知识分子了吧。三点二十三分到三点三十分接到林姓小姐电话，湖南岳阳人。她想委托声讯台介绍男朋友，称自己芳龄二十五岁，中专文化，财会毕业，162公分，月薪两千元。

他一直没有来电话。

他再来电话，是在两天后。

当时，我就着冷水，在啃一个面包，一边啃，一边拿起听筒。我听到他怯怯的声音：阿琼姐。

我心里忽然漾起一阵暖。

我说：丁小满，那天，真对不起。

他不说话，很久才说：是我不好，惹你生气了。

我就笑了，我说：我不是气你，是气我自己的命。你知道么？我小时候，有人照周易卦过我的生辰八字，我这辈子注定劳苦，婚姻不利，刑子克女，六亲少靠。

他有些急地打断我：你别信这个，命都是能破掉的。

我在心里笑了笑，又凉下来。这乡下的男孩子，有一点纯，他也许是真正关心我的。

我说：你呢，这两天还好吗？

他的声音有些沮丧。我给我妹寄的信，给退回来了，说是地址不详。我还指望按这个地址给家里寄钱呢。

我说：你在信里写了些什么，是重要的事么？

他想一想：也重要，也不重要。

我说：怎么个重要法，能跟姐姐说说么？

他说：我念给你听听吧。我听到那边有窸窸窣窣的声音，然后却安静下来。我说：喂。

我听到他那边笑了，笑得有些憨。

我说：怎么了？

他轻轻地说：姐姐，我觉得有点儿不大得劲儿。为什么有的话，写得出，却念不出来。

我说：是什么话呢。

他说：我看你们城里人，写信前都要加个“亲爱的”。我也写了一个，可是想要念出来，怎么这么羞人呢。

我有些憋不住笑了。

他说：那我还是不念了。

我说：你从后面念吧。

他说：嗯。小妹，哥来了这一个多月了，想娘也想你。不知道你们好不好。哥怪好的。哥找到工作了，一个人每天看六个电视。你想李艳家里才一个电视，哥每天看六个。啥人要进哥工作的大楼，都要先进这电视才成。你说哥管不管？

你的书读得咋样了？快考高中了，要上县中得铆足了劲儿才成。你是咱家的女秀才。你还记得陈老师的话不？咱村是要出大学生的。你上次跟我说，班上的同学，有的报了技校，有的人要出去打工。你说，你也想出去看看。可是小妹，人得有大志向。哥就是因为上的学不够，到城里才知道有多难。学费的事，你别愁。有哥呢。娘年纪大了，眼神又不好，哥不在，你得多照顾娘。你上次问哥，在外头闯出名堂了，还回不回来。咋个能不回来？咱乡下人，最忌的就是忘本。哥不是跟你说好了，等有钱了，以后咱把后山缓坡的地承包下来，种上山楂。然后在村里办厂，做山楂糕，销到省里去，销到外国去。咱娘的手艺就给留下来了。

对了，咱家的农药用完了。哥跟农业站的大李说好了，给咱留了两罐，你去跟他领。还有麦种，别贪便宜跟赵建民买。听人说，他那个有假。农业站的贵，可是有个靠。到底是政府的东西。还有，你跟娘说，针线盒子底下，压了去年收夏粮时候打的白条。去跟何婶问问，看乡里今年有没啥个说法。

你要是见到丫头姐，跟她说，我哥在城里出息了。旁的都别说了。

听到这里，我心里一动。

我问他：你不想你妹出来打工？

他说：我妹要上大学的。

我说：你对你妹就那么有信心？

他说：姐，我也不知道。可是她留在家里，我放心。我村里出去的女子，要么不回来。回来的，都变了。看啥啥不上，穿得都跟城里人一样。村东赵建民的姐姐，一回来，就给家里盖了三层楼，那叫风光。可是人家说，她是去城里干那个的。

我心里“咯噔”了一下，但还是问他：干什么？

他吞吞吐吐，终于说：就是，跟男人睡觉换钱的。

这时候，丁小满突然声音紧张起来。他说：姐，我明天再跟你说。

电话就断了。

他

看到那男人的时候，他正弯下腰，从怀里掏出一个报纸包。因为他戴了顶帽子，我瞅不见他的脸。他的身形，也是影影绰绰的，看不清高矮。这个监控器里头，是经理室后面的楼梯间，不常有人去的。除了防疫站的人来打药，要不就是我们叫来的搬家公司，要运大货物上去。

我拨了保安室的电话，没有人听。

我有点儿紧张了。看见那个人已经打开楼梯间的大门。我思想不了太多，就跑出去。如果抄近路的话，从监控室到经理室，得要穿过整个演艺大厅，然后从包厢的长廊斜插过去。

演艺大厅这会儿正是人最多的时候，外面请来的演员正在台上反串表演，男不男、女不女。底下就是一些男男女女，搂的搂、抱的抱。舞池里头人多得像锅里下的饺子，全是人味。我只好闭着眼睛一个劲儿地往里挤，突然有手在我裆上摸了一把。一个女孩儿对我回头笑一下，转眼就不见了。好不容易到了包厢的走廊，已经一身大汗。这里安静了点儿。我紧步走过去。突然，听到房间里头，有女人大声喊叫起来。然后是男人的笑声和喘气声。女人也笑起来。我绷紧的心放下了，脸上有点儿发烧。

我从五楼下到了楼梯间，正和那个人对上眼。这人长了一双很苦的眼睛，眼角是耷拉下来的。他看到我，愣一愣，手里的报纸包紧了紧。我看到，地上有一两个烟头。

我说：你是什么人?

他抬起眼睛，看着我说：你不要管，俺是来讨公道的。你让黄学庆出来，俺是帮俺整个建筑队的弟兄讨公道的。

黄学庆是我们娱乐城的老板。

志哥跟我们说过，老板的生意做得很大。他也是城里几个大楼盘的承建商。我看过一个，那楼也是高得不见顶的，据说盖了好多年了。

我守在楼梯间的门口。他上前了一步，说：让俺进去。

他人长得很老相，可是声音很后生。

我用胳膊挡了一下，说：你要见老板，就从前门进。

他冷笑了一下，说：前门是俺们这些人进得来的么？从去年底到现在，俺来了几回，让俺进过一回吗？上个月一个弟兄拼了命要进，给你们打残了半条命。

我说：老乡……

他哼了一下，说：谁是你老乡，你们都是黄学庆的狗。你让俺进去，俺跟黄学庆说。

我让自己站得更直了些。他慢慢地把报纸包打开，从里面拿出个玻璃瓶子。我问：你这拿的是啥？

他不说话，拧开瓶子，脱了帽子，兜头浇下来。我闻到了一股子汽油味儿。我心里一紧，上去要拦他。他猛然地退后了一步。

我也退了一步，我说：老乡，啥话不能好好说？

他的手停下来，掏出一个打火机。他眼睛闪了一闪，我看见有水流下来，混在了汽油里。他说：兄弟，看你样子不奸，是个厚道相。俺跟你说，话能好好说为啥不说？俺们从去年六月就等黄老板发工钱，都快一年了。谁家里不拖家带口，凡有一分容易，谁愿意走到这一步。

他垂下头，用袖口抹一下眼睛。我要走过去。他一时把打火机摁在手里，一时从怀里掏出另一个小瓶子，恨恨地说：俺把话说头里，是黄学庆把俺逼到这一步，俺不为难你。你放俺过去。要不这是孝敬黄学庆的，就带你一份儿。

我不知道瓶子里是啥东西，但我知道，只会比汽油烈性。

他把瓶子举得高了些。我压低了声音说：老乡，你这是何苦？

他眼神黯了一下，清楚地说：活都活不下去了，还管什么苦不苦。在乡下是苦，至少还有个活路。

我趁他一错神，扑了上去，要夺他手里的瓶子。他身子挣了一下，瓶子掉到了地上，碎了。里头的水溅到我裤子上。一阵烟，裤子上就是一个洞。小腿钻心地疼起来，像是给火燎了一样。我顾不上疼，抱住他，一边大声地叫喊起来。

志哥带我去医院包扎，回到娱乐城，正见着公安带了那人走。那人佝偻着身子，一步一挪。我心里一阵发揪。

志哥说：你小子好命。这么浓的硫酸，要是弄到脸上，这辈子就别想娶媳妇儿了。

一个保安过来，说：志哥，老板要见小满。

我们走进经理室。老板见着我呼啦一下站了起来。志哥让我过去。

老板笑一笑，摸摸我的脑袋：这孩子，可比看上去机灵多了。让他留在我身边吧。

志哥说：小满，老板提携。还不快谢谢老板。

我轻轻地说：我不想去，我还想留在监控室。

老板眼睛瞪一下，说：年轻人，不识抬举啊。

我不敢正眼看他，话还是说出来了：老板，刚才那人，怪可怜的。他要是抓进去了……要不，你欠他的钱，还他家里人吧。

志哥低低地说：小满……

老板有些发愣，身子陷进他的老板椅里，突然哈哈大笑起来，笑得人有些发毛。一边笑，一边说：好小子，好小子。

突然脸一沉，对旁边的人说：就照他说的做。

这时候门开了，李队灰头土脸地走进来。昨天他跟老林值班，两人赛着喝，到后半夜都醉得不成样子，电话响也没听见。

老板走到他跟前，很和气地看他一眼，然后说：酒醒了？

李队埋下头，没有话。

老板一个巴掌扇过去。

一巴掌扇得这胖子一个趔趄。

老板的声音变得冰凉冰凉的：再有下次，不是场子执笠[1]，就是你滚蛋。

---

① 粤语指倒闭。

晚上，志哥叫人给我送了台真的电视来，说是老板奖给我的。说正好晚上有香港的回归仪式看。电视是卡拉OK包厢换下来的，比李艳家的那个还大、还清楚。我一个一个台看，心里欢喜得不得了。

我看着看着，心里想，得给阿琼姐打个电话了。

她

丁小满来电话的时候，台里只我一个人。

今天是七月一日，晚上转播香港回归仪式。欢姐说：应该没什么人来电话了。就留个人值班吧。我说：那就我吧。

香港要回归了，普天同庆。

丁小满来电话了。

我说：是你啊，在干吗？

他的声音有点儿兴奋，说：我看电视呀。

我就笑了，说：你不是天天都看电视？

他也笑了，说：这个，是真的电视呀。然后又沉默了一下，说：其实，你从来没问过我是干什么的。

我说：我们有业务规定。如果客人不说，不允许打听客人的职业。

他突然叫起来：哎呀，原来英国男的穿裙子啊。

我笑了，想他真是大惊小怪。我说：那大概是个苏格兰人吧。

他说：姐，一会儿就交接仪式啦。你看不？

我说：我们工作时不能看电视。

他说：哦，那我说给你听吧。电视上说是烟火表演。真好看，比我过年时候放的钻天猴儿好看多了。

他突然又叫起来：英国兵露腚蛋子啦，原来穿裙子没穿裤衩儿啊，哈哈哈。

他兴高采烈地跟我解说，我心里突然有了一种欢乐的感觉。多年后，当我随着一种叫作“自由行”的旅行团到了香港，看见了小满在那次电话里跟我描述英国人举行降旗仪式的地方。站在和平纪念碑前，想象着大风吹过的情景，其实应该是难过的。

小满渐渐觉得有些无趣。这仪式对他来说，是很枯燥的。他问我：姐姐，香港好吗？

我不知道该怎么回答他。

香港，与这个城市一河之隔。但是又远得很，陌生得很。我能想起来的，可能只是一两部电视剧：《射雕英雄传》《上海滩》《霍元甲》。小时候，觉得它就像外国一样。我穿的第一条牛仔裤，说是港版的。戴的第一个太阳镜，是在镇上买的，说是香港过来的走私货，被海关罚没的。中学的时候，班上男生有一阵神神化化地传一本杂志，后来给老师没收了，说是黄色刊物，是香港的《龙虎豹》。

我说：好。香港叫“东方之珠”。

他说：好，那咋一百年前，咱中国不要了呢。

这个问题我回答不了。他不等我回答，就又问：香港那么多外国人，是说外国话吗?

我说：说英国话，也说中国话。中国话是广东话。

小满说：姐，英国话，“电话”怎么说。

我说：Telephone。

他重复了一下，舌头打着结，说不出。

我说：老早前上海也说英国话。中国人说不好，就说中国话的英国话，“电话”就叫“德律风”。

这回他轻轻爽爽地学了一次，又说了一遍。高兴起来，说：姐，我也会说外国话了。

交接仪式是很漫长的。丁小满仍然认真而忠实地转述给我听。他说：现在是一个满脸苦相的外国人在台上说话。他是英国的王子。小满又加上了自己的观点，说：王子这么老，那国王不是年纪都大得不行了。等他当上了国王，还能干上几年啊?

在他看来，国王也是一种职业。

当电视里国歌奏响的时候，小满大声地跟着唱起来。他告诉我，他只会唱两首歌，一首是国歌，是陈老师教的，另一首是《信天游》。

以后，每到晚上的时候，小满就执着地给我“讲电视”。以他的理解，为我描述电视的画面，并且加上他自己的一些判断。电视剧里，他喜欢看的是武侠片，就给我讲《天龙八部》。他很欣赏乔峰的仗义，对他的爱情观念也很敬佩。相对而言，情种段誉在他的嘴里，简直就是个一无是处的小混混。但是为了照顾我的趣味，他也会看一些言情剧。但是每到出现类似三角关系或者第三者出现的情节时，他就会表现出难以克制的愤怒，骂骂咧咧起来。小满的解说是事无巨细的。在电视新闻与电视剧之间，有许多的商品广告。他会跟我描述他所看到的图像，然后在末了加上一句点评：都是诓人的。

就在这讲述中，我对小满的声音产生了一种奇怪的依赖。

是类似对亲人的。

小满有时候说累了，就把电话话筒放在电视机旁边，让电视的声响尽可能地传进我的耳朵。这时候，我听到很小的咀嚼的声音。

我问他：你在吃东西？

他说：姐，我饿了，我得吃点东西垫巴垫巴。

他把话筒放在嘴边，问我：姐，听见了吗？

我笑了：听见了，听见你咂巴嘴了 。

他说：大堂把剩的蛋糕，都给我了。

我问：好吃吗？

他说：好吃。就是有点凉。姐，你会做饭么？

我说：会。我做的最好的是“赛螃蟹”。

他说：姐，哪天你能做我吃么？

我说：好。我做给你吃。

他在电话的那头无声地笑了。

这时候，我听见他轻轻地说：姐……你想和我过日子么？

我们都没有再说话，我仍然在听他吃东西的声音，还有电视的声音。一个女人在唱很悲伤的歌，声音沙哑。我知道，是一个电视剧又结束了。

就在这个月末，我拿到了业务统计报表。我的话务量是一万六千多分钟，是全台第一，奖金拿到了近三千块。阿丽用一种异样的眼神打量我。

我决定让丁小满不要再打过来了。

他

今天晚上，我看了一个电视节目，叫《幸福在哪里》。

说的是老两口的故事。老太太得了一种怪病，叫作“进行性骨化性肌炎”。得了这种病，全身都僵硬了，变成了一个木头人。老大爷就每天把老太太搬来搬去，吃饭、上厕所、去医院。老大爷也很老了，有七十多岁了。搬老太太搬得很吃力。但是他说他不累，是很好的体育锻炼。

他们走了很多医院，看了很多专家，都没有用。老太太只有眼睛和嘴巴还有手指头能动了。老大爷给老伴儿发明了一个读报器，可以用手指头卷报纸看。老大爷给老太太读书。老太太是个退休的中学老师，老大爷就给她读以前学生的作文。读着读着，老太太眼睛里头，突然亮一亮，眼泪从眼角流下来了。老大爷帮她擦眼泪，一边不好意思地向镜头笑笑，说：大丫儿，徐记者在这儿呢，哭啥？老太太眼球转动了一下，用很清楚的声音说：我哭，因为我觉着幸福。

这个节目把我给看哭了。我赶紧把眼泪给擦了，怕给人家看见。男子汉，不兴哭哩。

我想把这个故事讲给阿琼姐听，怪感动的。

晚上跟保安队的小郑和大全出去吃了麻辣烫。肚子老咕噜咕噜叫，跑了好几趟厕所啦。这不，又叫起来了。

上厕所得下两层楼。到了门口刚想进去，听见有人说话。是李队。

李队说：我知道你不会放过我，不过没想到你这么阴。

要想人不知，除非已莫为。

是志哥的声音。我心里揪起来。

老李，你在演艺厅教手下的卖丸仔，这事是我压下来的。你有数，罢手吧。

李队呵呵地笑起来：你装什么好人。上个月我瞅见水箱里少了一袋粉，就知道有人做了手脚。八成也是你。

志哥没说话，李队说：你放手。

志哥说：是我，没错，那是给你一个教训。你是不知死，还是真傻？这玩意超过五十克就是个死。你死了十回了。

李队的声音，突然压得很低：上了这条道，还怕死么？都说人为财死。虾有虾道，蟹有蟹路。我比不过你裆里的二两肉，不想点儿别的营生，拿什么养活老婆孩子。

你说什么？志哥的声音好像从牙缝里迸出来。

李队愣一愣，发出很奇怪的笑声。这笑声在厕所里传开，空荡荡的很瘆人。他说：路志远，你以为你现在红了。你和老板老婆那点儿事，别人不知道？你就是个男婊子。

突然有很沉闷的一声响。我闯进去，看见志哥把李队摁在地上，拳头狠狠地擂下来。地上有个塑料袋，摊着一摊白白的东西，好像洗衣粉，都混在脏水里头了。

志哥抬起头，看见我，一错神。李队使劲把他蹬开，从怀里抄出一把电工刀，插到志哥的胳膊上。

志哥号叫了一声，撒了手。李队一步步地朝他挨上去。他后退了一步，脚下一滑，人一仰，后脑勺磕在洗手盆上。我看见志哥的身子顺着墙根儿慢慢地倒下来。

我不顾一切地冲过去，抱住了李队。他没有提防，摔在我身上，把我也压倒了。这么胖，压得我喘不过气来。电工刀也甩到一边去了。李队和我滚在了一起，李队掐住了我的脖子，我使劲地挣扎，胸口越来越憋闷。一股子腥臭气从嗓子眼儿里冒出来，让人想要吐。我的手在瓷砖地上使劲扒着，突然碰到了那把电工刀。我抓起来，猛地捅下去。

掐住我脖子的手，松开了。

我咳嗽着，推开了身上的人。他一动不动。我看着李队趴在地上，眼睛睁得大大的，嘴也张着，好像要喊什么。那把电工刀正插在他背上。保安服上是一大块紫颜色，那块紫越来越大地漫了开来。

厕所的水箱突然哗啦冲了一下水，吓了我一跳。然后是流水的声音，从来没有这么大。

志哥也躺在地上，一动不动。我过去推了他一下。他的头垂下来。

我站起来，一点点儿地往后退。

我不知道我是怎么回到监控室的。

我坐了一会儿，抓起电话，手好像上了弦，拨了那个熟悉的号码。

电话通了。

我心里一激灵，把电话挂掉了。

外面的天，黑得透透的。

她

几个公安走进来。

他们问我：你认识丁小满吗？

丁小满三天没有来电话了。

他们说，他们打出了亚马逊娱乐城监控室的电话一个月来的通话清单。唯一的外线电话，是打给我的。

对面的亚马逊娱乐城。

一个大胡子的男人对我说：丁小满最后一个电话是在七月十六日凌晨两点二十五分打来的。他有没有对你说什么？

我摇摇头。

男人的口气重了：你要明白事情的严重性。亚马逊娱乐城发生了一起凶杀案。丁小满是最大的嫌疑人，现在畏罪潜逃。

我说：他会去哪儿?

男人说：我们也想知道。

转眼间，大大小小的线路与仪器在我身边布满了。男人说：别紧张，这是电话定位追踪系统。我们估计丁小满还会打电话给你。你现在照常工作。到时候，你知道应该说什么。

仍然是各种各样的人打电话进来。但是，他们不知道，自己的每句话都在监控之下。他们仍然在电话里头，尽情暴露着自己。一个男人告诉我，他想和他的情人殉情，征求我的意见，哪种死法既无痛苦，死相又最好看。一个老太太怀疑她的女儿和女婿在琢磨她的遗产，问我如果偷偷捐给红十字会，需要办什么手续。一个小姑娘告诉我她因为来月经受到了体育老师的嘲笑。她决定去教务处告他非礼用来惩罚这个自以为是的男人，虽然她其实暗恋过他。一个喝醉酒的男人，问我愿不愿意跟他在电话里做爱。他说他可以付费，给他个卡号让他把钱打过来。

我不动声色地将他们敷衍过去。

大胡子公安皱了皱眉头，说：你的业务够繁忙的。

到了午夜的时候，所有人都很疲惫，也包括我。

丁小满的电话是在凌晨三点打来的。

他说：姐……

我说：小满，是你吗？

大胡子公安一挥手，手下人立即戴上了耳机，定位仪的荧幕也开始闪动。

小满说：姐姐。

小满哭起来了。

我静静地听他哭。这哭声被仪器放大，在房间里回荡开来。

大胡子做手势，示意我说话。

我说：小满，别怕。

我的眼睛好像被什么击打了一下，有很热的水，从眼角流淌下来。

小满没有再哭，他也不再说话。突然，我听见他声音很清晰地说：姐姐，我想见你。

大胡子使劲地对我点头。

我说：对不起，我不想见你。

我将电话挂断了。

大胡子用几乎咆哮的声音说：你为什么不见他。你知道你说这句话的后果吗？

我从抽屉里抽出一张“员工须知”给他看。

公司有业务规定，不允许私下约见客人。

手下人将定位报告拿给大胡子看，来电所在地，是在城郊的一座肉联厂。

他

我很想，当我走出来的时候，那些人看着我。我突然喊起来，我想再打一个电话，可是，没有人理我。那个攥住我手的警察，好像很同情地看了我一眼，然后说：够了。

她

我再也没有等到他的电话了。大约每次铃声响起的时候，我都会心里动一动。终于动得麻木了，只是例行公事地跳一跳了。

告解书

Chapter 1 杜若微

对不起，又睡过头了。

哦，就是这些吗？需要我读出来么？你们从哪里找到了这个。好吧，不过这种文艺腔的东西，我很久没念过了。

你说，关于过去。好吧，我读。

录音打开了么？哦，那我再等一等。好了，那开始吧。

其实，他的模样已经有点模糊。记得是，他的眉毛浓重，眉宇却开朗，是心平气和的面相。

现在想来，我们的相处，其实波澜不兴。以至于，我好像是在回忆我自己的生活，而不是两个人的。那时候，彼此都有要做的事情。而在他眼里，我是个孩子，或许现在仍然是。

谈不上分开，是自然的解体。两条铁轨，在一个空旷的地方交会。但是又因为扳道工的尽职，猝然分开，各行其是。

知道内情的人，都说这两个人，将来都是了不得的。其实是他理智，与我无关。我的主意，都是他拿的。

或许优柔寡断，也是他的从容。

后来，两个人各走各的，也都没什么了不得的作为。

后来，他结了婚，生了孩子。孩子的名字，是我起的，叫禾稼。因为生在十月，十月纳禾稼。

坐他的车，和一群熟人吃饭。一路上都是红灯。在一个街口，他把手伸过来，握一握，是鼓励的意思。其他，再没有什么。

认识的一帮人，老的老，出国的出国，结婚的结婚，当爹娘的当爹娘。曾经最光鲜的一个，却在醉酒后把自己弄残了。

后来去唱K，他唱《惑星》，唱得非常认真。在和自己较劲儿。

有人就跟我说，他还是放不下。

我说，我是拿不起。

过去了这么多年，想说不想说的，也都不说了。

收到他寄来的一本《阅微草堂笔记》。那是他喜欢的小说格式。记得有一个冬天，他给我读尼金斯基的回忆录。后来饿了，就出去吃火锅。吃的时候还带着，结果忘在火锅店了。他就编了后半个故事给我听。后来，是许多年后，我又看到了这本书。原来真相，比他讲给我听的，要平庸百倍。

这是他对生活的观念。没有大开大合，也无所谓苦痛，过日子就是好的。

也许，我已经是让他意外的部分。不过，他还是将之当作最自然的出现，接受并善待。

他对我最大的教导，是这么一句话，别老问为什么。

好了，读完了。就这样。

嗯，是有点平淡。为什么没有细节？哦，别老问为什么。

Chapter 2 林牧生

你见过这只表？上回见面是什么时候？

对，两年前，在旧中银楼顶的China Club。那次之后，很多人没有再见到。如果不是陆西蒙要回布拉格，谁会在那里过平安夜。

你说钟小辉么？我吻了她。呵呵，我的确不记得了。如果有，大概是在天台上。中环的夜色太撩人。发布会后，她也消失了。嗯，是的，她卖掉了意大利版权，不过翻译得有些糟糕。

忘记Robinson吧。你大概难以想象，他已经四十五岁了。一个男人，应该在适当的年纪做适当的事。

好吧。我们可以开始了。

是的，那天我们在艺穗会附近分了手。我和陆西蒙从扶手梯拐下去。那是一条捷径。兰桂坊这时候人满为患。“九七”之后，这一带的酒吧大换血。以前常去的“Milk”，已变了“Dublin Jack”。风骚的菲律宾女歌手，自然不知所终。西蒙张望了一下，说：今天来这里，真是老夫聊发少年狂。这已经不是我们的地方了。

一个男孩子，嘴里叼着一根烟，摇摇晃晃地走出来，看我们一眼。走到墙角里，旁若无人解开裤子方便。两个女孩跟出来，拉了他一下，他一回身，爆出很粗的粗口。

突然的欢呼声把他的声音淹没了。

西蒙说：或者我们应该去“苏荷”碰碰运气。

我说：还不是大同小异。就为了喝上一杯，走那么远。

说是这样说，我还是跟上了他。

人其实一样的多。外国人，中国人，不西不中的人。我们随着涌动的人潮，多少有些格格不入，像两个穿着周正的“耆英[①]”。这样一路走，因为与其他人身体的摩擦与汗液蒸腾，十分燥热。先前喝的红酒，也有些上头。不知怎么走上了石板街，人居然松快了些。我长舒了口气，回过头，发现西蒙不见了。

打他的手机，已经关机。我暗暗骂了一句。沮丧间酒也醒了，留在此地，已经无谓，但还是要走到半山，去搭出租车。这条石板路前所未有的长，到了尽头，大约又已过了十分钟。

在和云咸街交界的地方，我看到了熟悉的琥珀色灯光。

这是我曾经帮衬过的小餐厅。“Mrs. Jones”，得名于Billy Paul的名曲*Me and Mrs. Jones*。自然，餐厅的背景乐多半是爵士，和金绿色的街招相得益彰。记得招牌菜有Gnocchi Ragu（意大利炖肉配薯仔粉团）。母亲似乎很欣赏，味道好，价钱也算公道。

但今天，音乐却和着隐隐风笛的声音。仔细看了一眼，才发现已人是物非。店名转作“Kila”，大概是爱尔兰风味的小酒馆。影影绰绰的几个人，在这样的平安夜，已很寥落。

① 对老年人的一种敬称，指高年硕德者。

我不知道为什么会走进去，并且坐定，要了杯威士忌。店主很年轻，生着卷曲的黑头发，说洋腔调的广东话。我有了一种猜测，于是向他打听起Mrs. Jones。果然，他告诉我，原先的老板是他的伯父。去年三月退休回了都灵，并且在半年以后去世，也算是落叶归根。我有些唏嘘，也就懂了，这店里陈设，大半都没有改变。爵士虽是过去式，琥珀色主调保留下来，余韵犹在。

这时候，有人打开门，带进一阵风。

这风的寒凉里，有种气味，游丝一般，却让我蓦然清醒。这气味与我的职业敏感相关，是一款久违的香水。虽然当时我的头脑困顿，还是立即想起了它的名字，“午夜飞行”。

你们这一代人，大概对这支香水不会太有印象。早已停产的款。但若讲起它的出典，并不会觉得陌生。有关《小王子》的作者圣-埃克苏佩里的传奇。他还有另一个身份是飞行员、航空冒险家，曾经为法国开拓过九十二条新航线。1931年，他出版了《午夜飞行》，主人公在南美洲的最后一次飞行中失了踪，消失在天空尽头，很壮美，不是吗？因为这部小说，两年后，Jacques Guerlain 调制出了叫作“Vol de Nuit”的香水。二战结束的前一年，圣-埃克苏佩里重现了小说人物的命运，在为盟军执行空中侦察任务时一去未返，下落不明。

1933年……这气味是属于久远前的，我回转过身，寻找它的来源。靠窗坐着一对中年夫妇，沉默地喝酒。穿着皮衣的年轻男人，留着隔夜的胡茬儿，面前是吃剩了一半的三明治。靠他左边的眼镜仔，皱着眉头，把一沓《维城日报》翻得山响。

这气味近了。“Gin martini，please.”我听到的声音十分微弱。我抬起头，看到一个很瘦的身体，靠着吧台坐下来——是个女孩，披着很厚的开司米披肩，上面有紫色的暗花。花瓣大得似乎把她包裹了起来。“Gin martini，please.”她苍白着脸，又说了一遍，依然很轻的声音。酒保没有听见，她低下了头。“Gin martini.”我重复了一遍，酒保转过脸。“For this lady.”她的脸也转过来，我对她举了举杯。她的眼睛里有些笑意，怯生生的。虽然被额发遮掉了一半，我还是看见了，一张十分年轻的脸。

她是这味道的来源，“午夜飞行”。我的确感到诧异。好吧，气味与人，有自己的逻辑，类似一种可预见的顺理成章。比方Germaine Cellier的手笔Bandit，硬朗不羁，与fairy lady无缘，To have and have not，需以皮革压阵，绝处逢生。Serge Lutens的Feminitè du Bois，骑鹤上扬州。孤寂落寞的招魂术，好似资生堂时代的山口小夜子。

“午夜飞行”的主人，气质应有厚度，并非暗夜妖娆，而是曾经沧海。这女孩的稚嫩羞怯，与这气息间的冲撞，在我看来简直称得上荒诞。她很小心地喝酒，眼神有些散。在一曲终了的间隙，我说：你用的香水，是你母亲的吧。

我尽量问得不经意，她还是似乎吓了一跳。她侧过脸，对我笑了笑，笑得很虚弱，然后沉默着摇一摇头。

在我觉得自讨没趣的时候。她站起了身，裹了裹披肩，走到我身边缓缓坐下。那你觉得，我该用什么香水？J'adore，还是 Coco Madamoiselle？

她细长的眼睛里，突然有了一种光芒，虽然稍纵即逝。

我说：你可以试试L'eau D'Issey，会清澈一些。

可我只喜欢这一支。她说。

我一时语塞。于是转过头，和酒保聊起天。酒保似乎有些心不在焉，眼光向女孩的方向瞟过来。

突然，远处的钟声响起。接着有欢呼声。焰火星星点点的光，散落在落地的玻璃窗上。

零点了。酒保说。

新年快乐。我举起了酒杯。

Amble rum. 女孩说，还有一杯给这位先生。

我说：谢谢。

女孩说：你的杯子快见底了。

她说完浅浅笑了一下，笑得很好看，略微欠缺生动。

为“午夜飞行”。她抬起手碰了一下我的杯子，发出悦耳的声响。

我不记得酒馆在什么时候打烊。因为我醉得近乎人事不省。但我记得在黑暗中有人撑持。我触到开司米柔软的质感，并依稀看到了巨大的紫色花瓣。

我睁开眼睛的时候，首先看见了壁炉里的火。很久没看见这样明艳灼人的火了，浓烈得听得到燃烧的声音。

我是在一个陌生的房间里。靠近壁炉的地方，米色的墙纸卷曲剥落，看得出经年老旧。墙上是一张中东波斯挂毯，颜色已有些黯淡。在火光里，看清楚了，是个衣饰华丽的男人跨骑在马上，神态肃穆。马匹体形丰腴，却生了一颗女人的头。屋内的其他陈设，也是中西合璧。混搭之下，斑斓且落拓。我正以不甚舒服的姿势斜躺在沙发上，近旁是一张明式红木圈椅。椅子上散散摆着一些书。《鲁拜集》、托马斯·沃尔夫的*Of Time and the River*，还有一本威廉·布莱克的诗选，覆着山羊皮的封面。我捡起来，手指抚摸了书面凹凸的烫金字，翻开来。

这时候，面前出现了一个人。我抬起头，看到那个女孩。她已换了齐身的睡袍，仍披了宽大的羊毛披肩。大概是太温暖的缘故，两腮泛起了一抹红晕。我这才发现，她是一个美人。

你醒了。她说。

这是在哪里？我问。

我的家。她认真地用手指插进了头发，疏通了打结的发梢，然后说：你醉得很厉害。

我说：谢谢。

她回过身，仿佛自言自语：我想你应该饿了，我去拿些吃的。

这时候，她的睡袍波动了一下，空气中弥漫起熟悉的气息，迅速融进了这房间的陈旧里去。

她端来一些曲奇饼，上面点缀着新鲜的蓝莓。还有余温，应该出炉不太久。味道不错。香味间有一种奇异的涩，刺激了味蕾。

放了一些大麻。这对宿醉的人有好处。她说。

为了表示领受她的好意，我大口地吃下去。苦涩成为某种牵引，让我的胃口骤然好起来。当我意识到自己正形成飘浮的错觉，不得不承认，这是十分美好的体验。然而，渐渐地，口腔间有了郁燥感。灼热难耐，呼吸似乎也无法保持平缓，身体的一部分，好像要在这温暖的房间里，突围而出。

我艰难地对面前的人伸出了手，好像在水中寻找救援的人。

我在昏暗的阳光里，再一次醒来。首先闻到的，是灰尘的味道，头剧烈地痛。这味道是来自身上盖着的羊毛毯，同时这毯子与我的身体发生轻微的摩擦。我才发现自己不着寸缕。

我艰难地用胳膊肘支撑了一下，想要坐起来，身下的床过度松软。在这一瞬间，我看到了窗台上的照片，镶在镀银的相框里。

照片上是一对男女，都生着黑色的茂盛的头发。男的穿着军装，面目严肃成熟。年轻女人在微笑，齐眉的刘海。虽然已泛黄模糊，我还是辨认出了这张脸孔。

照片是有年头的，很快我的想法得到了印证。在右下角，有极小的钢笔字，写着“1966年7月”。

一杯热牛奶摆到我面前。

这是你的母亲，是吗？我将照片搁回了窗台上，很小心地。

有手指轻柔地抚在我赤裸的肩膀上。

不，这是我。

我感到肩膀抖动了一下，没有勇气抬起头。

她坐下来，捧起我的脸。我没有选择地直视她。

少女的脸庞，在晨光里是瓷白的洁净颜色。圣诞快乐。她说。

这张脸下面，我看到了一节枯干的颈项。褶皱的皮肤下，是微微发青的血管。

我的余光，落在她的手腕上，有浅浅的老人斑。

我听到的声音，柔弱而清晰。

是的，这是我结婚那年的照片。我二十岁，里昂二十七。

第二年冬天，他参加了越战，三个月后在战场上失踪。我们再没有见到。

她撩起披肩的一角，在相框上擦了擦。然后掰开了相框背后的锡钉，取出一个压扁的硬纸壳，金色的香水包装盒。

我还是收到他的最后一份圣诞礼物，从香港寄来。他并不很懂香水，不是么？不过我也已经用了四十多年了。

她缓缓走到壁炉前，打开一个玻璃柜。虽然有她身体的遮挡，我还是看见了整齐摆放的一排方正的瓶子，大都是空的。琥珀色的螺旋桨标识，镌着Vol de Nuit。她拿出其中一瓶，向空中喷洒了一下。

鼻腔里充溢着气味，新鲜、前所未有的浓烈。

这是我可以做的，我的积蓄，还够保持他临走时候的模样。她摸摸自己光洁而缺乏生动的脸，手指神经质地弹动了一下，忧愁地笑了。

我穿好衣服，沉默地离开，外面并没有很多新年的气氛。荷里活道上的唐楼面目相似。我回过头，刚刚走出的是哪一幢，已经不记得了。

好的，让我回一下神。是的，没所谓。你随意好了。

Chapter 3 郭羡渔

这 里 不 错。是， 音 乐 也 好。Beatles（ 甲 壳 虫 乐 队）……没关系，我就是觉得这样很好。

Emi出过一张纪念专辑，就叫《黄色潜水艇》（*Yellow Submarine*）。嗯，Mario Kiyo，好像是唱*Hey，Jude*。对，还有崔健。

列侬也死了这么多年了。列侬死了，是可以接受的事实，就像可以接受麦卡特尼去做爱心大使。

谢谢。茶不错。我有那张列侬拈花一笑的明信片。发行量很少，真的，现在应该叫限量版。昏黄的调子，一枝玫瑰，列侬笑了。"拈花一笑"是个主题，嗯。没有人告诉我，是我自己发现的，你看，Elton John也拈过，Bob Dylan也拈过。王尔德也拈过，不过他拈的是一枝很大朵的向日葵，王尔德大约总是不流俗的。

你问我么，我也不知道。可能会是一种蕨类植物吧，花小一些没有关系，但叶子要大些。对，这样就比较好，最好叶片也厚实些，拈着心里会比较踏实。我不知道，可能会产在非洲的雨林吧。雨林不产么？哦，对不起，我对这些没太多概念。

但是我喜欢雨林。湿漉漉的，有段时间是湿漉漉的，叫黄梅季节。哦，我家不住在城南。

家乡菜平实了些。我喜欢吃猪手，我觉得叫猪蹄其实更开胃。对，我很喜欢吃，“发菜猪手”现在有了新名字，叫作“穿过你的黑发我的手”。德国那种是搭配白蘑汤的。对，用黑椒。很大，吃完了有成就感。要是你一天什么也没有干，我建议你去吃一只猪手，这样你会觉得一天总算做了一件事。

我也想过。一部电影，是个应该叫艺术探索片的电影吧。一个叫Takki C.Y.的美国导演。是，华裔。记得男主人公总是说：“我心里有个小世界，没有人懂得，我自己也是。我要找个人，去读懂它，然后和这个人一起度过余生。”我当时想，小世界如果说出来，就太大了。嗯，是，你说的那个人是David Lodge。不，不相干的，那个是讲英国学术腐败的事情。呵呵，我的口气一本正经了。嗯，我受的教育有些特别。没有，我干吗要拷问自己的灵魂，我用这一半思考时，那一半是不存在的。

让我用一个比喻形容爱？呵呵，别致的问题。嗯，你穿过翻毛的大头皮鞋吗？我想爱就应该毛茸茸地包裹着你吧。有时你会感到太焐脚，可外面总是很冷的，你又会穿上它。我不能肯定。你知道巴雷什尼科夫，他有一双鞋，穿了二十多年。不过话说回来，俄国的东西总是耐用些。外公有个很大的剃须刀，现在还能用。是，很响，像割草机。

别问我吧，我不知道的。也许作为一个人，我太不实用了。作为情人也不见得好。

是啊，我不是没有进入到现实的愿望，总是要生存的。可是，现实对于我，就像个大水珠，有张力的，你明白么。张力把我挡在外面，如果硬是挤进去了，就溺死在里面了。我说的，是蚂蚁。我小时候以很多不同的方式杀了许多蚂蚁。谁知道呢，我养过两只乌龟，叫大福、二贵，我对他们很好。他们只吃虾米。

不用客气，我自己来。你对这个话题感兴趣么，我还养过一只蝾螈，叫卡卡。哦，你是指这个，杀害。我明白你的意思。谁都会有些黑暗的东西，这好像在为自己开脱了。你听过Dooks的一首歌么，是一个弑父恋母的故事。喜欢，不过，那太张扬了，内敛些的。譬如？让我想想……是野村芳太郎吧？简单又沉静，罪而美的调子。哦，你的意思是，那些人动辄拿弗洛伊德说事儿。呵，你说福柯，好些吧，好在多些以身试法的勇气。哦，你是说那一篇？是的，很短。哦，你带来了。你希望我来念么，好的。录音？不必了吧。你已经打开了？不是需要声情并茂的文字。

π 在午夜接到一个电话，对方问：杀了一个人之后怎么办?

π 想了一阵，说：

如果是我，会这样。

我会将他肢解

之后放进一只皇冠牌的密码箱

我会去一趟西藏

那里有许多天葬台

也有许多长着翅膀的天使在静静地守候

当最后一只白额鹰在天空中

盘旋了一周

落在了我的肩上

我会为它擦净喙上的血迹

然后

转身离去

π 说完这些，听到电话里只剩下忙音。

第二天下午，π 去了购物中心。

他要出差，他需要一只皇冠牌的密码箱。

导购小姐告诉他，所有的密码箱在今天上午全部卖完了，包括皇冠牌的。

真的一只也没有了吗？他问。

小姐抱歉地笑了：真的……其实还有一只，但我要留给自己，因为最近，我要去一次……西藏。

什么，恐怖的诗，这倒是个有趣的提法。不过，现在看来，应该幼稚得很吧。

你指的是——冷漠，是么？你看过那个片子叫《一江春水向东流》么？是，老片子。她已经不恨了，她只是想冷漠，但是，她连冷漠的权力也没有。没有，他们谈不上幸福不幸福。父亲是个很单纯的人，对谁好都是实心实意的好。母亲呢，总想保护家里所有的人。爱吧。可是什么叫爱呢，我无所谓。是的，完全没有了，是一种自我防御系统的失控状态。我如果失望了，就是彻底的失望。没有什么好不好，我自己也不知道。

嗯，喝口茶吧，要凉了。

对不起，我有些走神了。你，刚才说什么。

哦，还要录另一个么。快去吧。不客气，该是我谢谢你，这里的猫舌饼做得——很地道。

Chapter 4 路小鹭

你说的，是这一段么，要读出来？往事？你可没说要读出来。嗨，你懂得什么叫大音希声吗。

那好吧，既然你坚持。

初中时候，物理老师有个变态的习性，就是发给他们一个所谓“默写本”，每堂课之前，默写物理概念若干。这本是毫无新意的创举，但是，自然科学家在物理领域的探索成果显然没有达到用之不竭的程度。于是，各种概念经不起反复折腾，终于沦为考验记忆的无聊手段。在同一本默写本上第四次出现“比热”的时候，他终于忍无可忍。在“比热”一词后面写道：请见前28页。

他始终是个不怎么合常规的人。一九九七年直播香港回归的时候，他在宿舍里看铁伊的侦探小说；世界杯万人空巷，他跑到街上去打电动。他是个对凑热闹深恶痛绝的人。这是个矫情的习惯，但是在他，却是自然的事。

所谓剑走偏锋。

他好像也总和人生隔着。不是他在过人生，而是人生驱着他走。不是水乳交融，却又不是两不相关。不清不楚，脱离不开干系。

那年的世界杯。英格兰对巴拉圭一场他看了，是在游戏机厅里看的，手里仍然没闲着。开场两分钟，贝克汉姆一个任意球，巴拉圭队员一头蹭到自己门里去了。接下来，荧幕上总是出现英格兰对巴拉圭1 ∶ 0的字样。但下面的小字，写着进球队员是巴拉圭4号。他想，这个4号想死的心都有了。接下来一分钟，守门员也受伤下了场。他想，这真是球如人生。两米多的Crouch，违反自然定律似的，一点都没有大型动物的蠢笨，还和人比脚下的小球。带球过人，技术细腻。解说员嘴碎地说："哟，大个子也会绣花……"这场比赛的观赏性，莫过于此。

他记得。某天，那个女孩，手里夹着一支烟，说：欧文爬出了世界杯。

为了这句惊艳的话，他谈了一场恋爱。

每个恋爱的人，都读诗。他坐在抽水马桶上，对她说：暴雨，就是声与光的一场大邂逅。

女孩将空掉的指甲油瓶子，扔到他脸上：你们这些男人，叫女人自相残杀。然后她开始笑，笑得很瘆人。

她手里扬一张报纸，头条关于日本女性专用火车厢。为了防止风化的举措，出其不意暴露出年龄歧视。在成见里，只有年轻女性才会常被非礼，这节火车车厢成为学生或白领丽人的专用车厢。如果中年妇女进入，会引起年轻乘客的嘲笑。

他们做爱，电视里在播新闻。"朝鲜试射导弹败，外围国家齐谴责。"他支起耳朵，说：这个标题怎么好像打油诗。

朝鲜酝酿多时的试射导弹行动终于在昨日凌晨实行，在数个小时内连续发射6枚中、短程及洲际导弹，在周边国家对行动表示哗然及谴责之际，朝鲜再多射一枚导弹，全部导弹都因发射失败而坠海，全球股市受消息影响而普遍下跌。

他在她身上不动了，然后起身，穿衣。将电视关上，点起一根烟。

她问他：你怎么了？

他说：在这个时候说什么试射失败。太煞风景。

她又开始笑，没心没肺。

而这次，他并没有失败。她怀孕了。

她说：要不要生下来。

他说：没所谓。但是你必须要想清楚，我可能会在某个上午消失不见。

她笑。她说：我会将他养大成人，向他灌输仇恨，然后去找你。那时候你落魄地躺在垃圾堆里，然后看到衣着光鲜的他。他向你伸出手，说，爸爸，我们又见面了。

他说：太韩风。剧情应该在你这里改写。我只不过是个风流的杀手。而你的丈夫为你买了一份高额保险，并且雇用了我。你起居正常，无懈可击。为了杀你，我愁肠百转。这时你的丈夫给我了提示，因为你对盘尼西林过敏。于是，我辗转成了你的情夫。在一次有预谋的服药后，我与你做爱，没有用安全套。你说，你要为我生一个孩子。药物随我的体液成功地进入你的血液循环……

好了。她笑着打断了他。你怎么会有这么邪恶的想法？

他说：你看的电影太少，想象力也不够丰富。

她说：留不得了。明天陪我去医院。

他坐在小诊所的妇科门口，手里捧着PS2。夕阳西斜。一个面相老成的男人向他侧目，然后说：小兄弟，你才多大，就搞出人命来了？

他笑一笑，说：其实，我有预感，搞得好的话，是两条人命，应该是对双胞胎。

她没能再出来，因为对流产麻醉剂药物过敏。

多年以后，他偶尔会想起曾经说过的那个不祥的故事。这个故事和她进入手术室前给他的微笑嫁接在一起。

她很瘦，手术服在身上，好像一只浅蓝色的灯笼。

喂，我念完了。

你怎么不说话？这故事有点儿不靠谱。其实，你录这些，做什么用？不如去录鸟叫。你知道吗，我前阵子看到有个人站在什科湖，站了一整天，录风从湖面吹过的声音。你录这些，太没个性了。

喂，你怎么不说话？

竹夫人

一

清明大雨。

谢瑛推了江一川从电梯里出来，正看见了那个女人，站在家门口。

电梯门在她身后，悄声合上。女人见了她，迎上来，轻轻问：是江教授家里么?

她愣一下，点点头，也问：你是筠姐?

女人笑一下，接过她的伞，说：中介跟我约了三点。我想你们也是给雨耽误了。

谢瑛这才想起道歉，一边拿出钥匙开门。

女人也就帮她将轮椅推进来。她把江一川搀扶到沙发上，一回身，发现女人已经把轮椅折起来，齐整地倚了墙根放着。

谢瑛心里就想，好一个爽利的人。

想完了，对女人说：先坐一坐。我倒杯水给你。

女人坐下来，又欠一欠身，说：不用了，往后日子还长，这些活儿，理应我来做。

谢瑛还是走进厨房，出来了。看女人正凝神望着窗户外头，雨又大了些。水迹都披挂下来。还有些光透了来，她的样子就好像个剪影。齐耳的短头发，额也是饱满的。谢瑛想，这人年轻时，是很好看的。

女人回了神，也发现被打量，有些不好意思，说：南京的雨还是这么多。

谢瑛叹一口气，说：是啊。还没进黄梅天，就下得没完了。今天去七子山看他爸妈，哗啦一声就下来，香烛化宝筒，全都浇灭了。

说完又问：你不是本地人？

女人正吹着杯子里的茶叶，看着热气氤氲开来，听到她问，就放下茶杯，说：我是安徽六安人。

谢瑛喃喃地重复了一遍：六安。

女人低一下头：嗯，六安。别的没有，产的茶叶是很好的。六安瓜片，不比这龙井差，下次我带些来尝尝。

谢瑛笑一笑，点点头。没有再说话。

女人便站起身来，说：我先走了。明天早上九点来。

谢瑛起身要送，给她拦住。她一错眼，目光停在江一川的脸上。

江一川呆呆地坐在沙发上，没动静。

二

这几天，郑医生有些倦。

他总是对自己说，到底是年纪不饶人，前两年兴头头，是不觉得累的。

连日的阴雨，诊所也并没有什么人光顾。

本是迈皋桥的一处民房，也老了，有了些湿霉气，渐渐积聚在墙上，便有了形状。便是个人，细看去，竟还是个女人。

郑医生叹一口气，在酒精灯上燃上一盘安息香。这气味厚，充盈开来，房间里似乎就没这么冷清。

五年前他从主任医师的位上退下来，离开了中医院，就开了这间诊所，来的多半是老客。不去挂中医院专家门诊的号，到这里来。也是习惯，望闻问切，哪怕只求他开一剂六味地黄，心里却是安的。他这里也舒服，冬天烧上一个木炭炉子，热得不燥。暑天里呢，“下元不足，心火独旺”，照老例儿熬上一锅绿豆汤、一钵金银花水。来往的病人，喝上一杯，出得门去，神清气爽。

前年没了老伴儿，就更把这里当了家。生意并不见好，倒是日渐有些寥落。他也不介意，这诊所叫“佑生堂”，自然并不希望病人络绎。不过实情是，现在人也忙了。小毛小病，都去看西医。省时间，见效快。来这儿的，主要为看疑难杂症。多是慕名，郑医生自然是很信得过的。然而，也有些病人是背水一战。这种多半已被西医判了死刑，来了先将成沓的现金摆在面前，然后和家属齐齐跪下。郑医生扶他们起来，让他们把钱收好，然后才一五一十地诊病。能看的留下，没得救治的，也只能狠了心送走。病人似乎也就此死了心，虽是戚戚然，却比来时平静了许多。

因为病人少，时间也就多了。打打棋谱，要不便是诵写医书。这天是《金匮要略》，正录到“奔豚气病脉证治”一章，院门外铃声响起。他停了笔，打开帘子，看一个女人站在院子里。

女人垂着眼，正看着矮墙旁的一株栀子，大概也是被连日的雨水催的，没到五月，已经开出了数朵大花，掩在墨绿的叶子里头，分外白。郑医生一半像是自言自语：今年倒是开得太早。

女人仰起脸，对他一颔首，笑了，说：开得早，结实就早。等不到八月，就可以入药了。

郑医生心里一动，便打量起女人，看不出岁数，头发花白，脸却匀净清明。没有老态，更没有病容。他终于问：您这是……

女人合上伞，在花圃上抖一抖，说：来这里，自然是看病。

声音干干脆脆。

哦……哦，郑医生应着，一边将她让进门里。

坐下来，女人安安静静地将屋里的陈设打量了一周。郑医生才问：您觉得哪里不好？

又是爽脆的笑，女人说：我好得很。我是想代人看。

这么着，郑医生有些不高兴。心想别是遇到了荒唐的人。这年月不比从前，世风不同了，什么人也是有的。

女人看出他皱起了眉，又一笑，说：医生您别见怪，我说代人看，自然是该来的人不能来。我来这里，是信得过您。您也该信我不是？

郑医生也就笑了，说：人有病色五种，照不到面，看得准不准，怕是说不好。

女人低头打开随身带的布包，掏出一个信封。一抖，是一沓照片。郑医生接过来，看照片上都是同一个年老的男人，坐在轮椅上，灰黑着脸。拍摄的角度不同，室内外都有。脸上却都没有一丝活气。尤其是眼睛，瞳仁是凝滞的。有一张是靠着窗户，男人戴着眼镜，阳光正照射在眼镜片上，他却不觉得光线刺眼，眼睛还是大张着。

这算照了面了么？女人问。

郑医生问：病历带来了？

女人放在他面前。病历是复印的，郑医生翻了翻，也就明白了，自己的判断是没有错的。阿尔茨海默病第三期，也就是所谓的老年痴呆症。这个病患情况是比较严重了。

郑医生合上病历，轻轻说：西医控制得不理想，是么？

女人点点头。

郑医生想一想，对她说：这病根治还是很难，在中西医都是一样。年纪大了，肾气衰弱。肾主精生髓，肾精不足，髓海必虚，脑海则失养；肾气不足，心失所养，血脉运行乏力，血瘀阻脑。

所以，您的意思说，要想改善，还得在肾上下功夫。女人轻轻跟了一句。

郑医生说：病位在脑，病本在肾，累及心、肝、脾，面色即证。要说疗治，补肾填髓是基本大法。

女人咬了咬唇，问：怎么用药？

生地、熟地、山萸肉、枸杞子、菟丝子、茯苓、仙灵脾。随证加减治疗。兼脾虚湿浊不降者，加黄芪、石菖蒲、法半夏等，兼肝阳上亢者，加天麻、钩藤、牛膝；您先生体表灰质如侵，面色不华，是水火不交，加川连、肉桂、夜交藤。

女人轻笑：照本宣科就不要了，我想要一剂食补的方子。

郑医生沉吟了一下，拿出一张方笺，写罢给了女人，嘱说：核桃仁不必去衣。

女人看过后，细心折好，略一躬身：医生，谢谢。我还会来的。

及走到门口，又一转头说：他不是我的先生。

三

江若燕偎在父亲身边，含笑看着他，嘴里哼着一支童谣，是小时候父亲时常唱给她听的：蜻蜓落雁飞不飞，雨过天晴云低回。

父亲是不认得她了，可却似乎是认得这歌。此刻他是很安静的，脸上也是一个平和的表情，也任由手放在她手心里。舌头时不时伸出来，舔一下嘴唇，然后合上，发出牙齿磕碰的声音。

谢瑛心里有些痛，为两个人。这一父一女，现在是她最想操心却操不上心的人。

她怎么也想不到，老伴儿会变成这个样子。六年前，还是威风八面，一院之长，学科带头人。说话做事都是雷厉风行，让人心服口服。就因为那一股子精气神，她做学生的时候，看着讲台上的他，就给自己定下了将来。

她并不是个很有主张的人，这是她人生最大的主张。当时经人介绍，她正和轧钢厂一个高级技工恋爱，像他们资产阶级家庭出身的孩子，这样的交往算是造化了。可她却为自己做了一回主张。任人指指点点的日子过去了，总觉得幸福是自己的。

第一次把钥匙落在了门上，江一川还自嘲一句，英雄暮年，现在是连自家钥匙都认不得了。

她走过去，抚摸一下男人银白脆弱的头发。老伴儿漠然地看她，像看着一件物体。他被抚摸得有些不耐烦了，扭转过头去。

女儿站起身来，揉一揉酸胀的膝盖，望着她，张一下嘴，欲言又止。她叹一口气：唉，说吧。

若燕的声音，轻得只有自己听得见：妈，他还是想接多多去香港，说是那里的条件，对小孩子的成长好。

谢瑛说：他是想什么都不给你剩下了，是吗?

若燕低下头，嗫嚅着声音，他也有他的难处。

谢瑛将手里的茶一顿，使的劲太大，洒在了茶几上。她按一按自己的太阳穴，说：谁没有个难处啊。

她也知道女儿心里苦得很，这苦头却吃在一个“善”字上。

为什么爷俩儿的性情这么不一样呢？江一川是个处处以进为守的人。若燕可好，事事以退为进，但求一时心安，到头来害了自己。当时女婿林惟中要出国，若燕正怀着孩子。谢瑛是坚决不同意，说怎么着也得等孩子生下来。若燕却放了他走，说你去吧，来得及孩子学说话叫上爸爸就行。孩子生下了，林惟中却没回来，说给若燕办了陪读带孩子过来。临了要走，科研组的小魏却查出了脑癌，请不到人，项目就要停下来。领导找了若燕谈话，请她多留一年。就在这一年里头，林惟中移情别恋，给若燕寄来了离婚协议。若燕想了一晚上，签了。你过你的好日子，说把孩子留给我就成。

和那个香港女人结婚三年，林惟中没有一子半女。这回轮到要多多了。

谢瑛说：女儿，你就不能长点儿脾气吗？人不能有傲气，可是傲骨总是要有的。

江一川转过头，鼓起嘴巴，用唾液吹起一个透明的大泡。啪，泡破裂了。

若燕说：可是，他毕竟是孩子的爸爸，他也想多多。

谢瑛呼啦一下站起身，狠狠地说：好，他是孩子的爸爸，那你问他，生多多的时候他在哪里？他尽过做父亲的责任吗？他和那个女人鬼混的时候，想过你们娘儿俩吗？

若燕呆呆地站着，眼睛却是一红。

若燕………厨房里有人长长地喊：阿姨腾不出手来了，快来帮忙端一下锅。

若燕愣一愣，转身跑进厨房里去了，一只手轻轻抚上了她的背。那手绵软而温暖，却令若燕心头一抖，泪汹涌地流了下来。

那只手用力了一些，将她的头揽过来，放在自己的肩上。若燕只有呢喃的气力：锜姨。

哭够了，抬起头，若燕看到的是张微笑的脸。快别哭了，多大的姑娘了。啊？

若燕也笑了，同时心里也惊奇，她唯独会在这女人面前孩子似的哭。家里走马灯似的换过许多的阿姨，现在已是面目模糊。多多是个怕生的孩子，见锜姨第一面，却伸出手去要她抱，说不上为什么，就是亲。

谢瑛仰在沙发上，手指揉着太阳穴，面前搁了一碗冰糖雪耳。听到有人轻轻说：不能动气，血压又该上去了。

谢瑛拍一拍身边的沙发，女人坐下来。她叹一口气：谁不想活个容易。你以为我想吗？这一老一小，哪个让我省心啊。

女人说：家家有本难念的经。好在一家团圆，办法都是可以想的。

谢瑛听着这柔软的声音，心里也有些静了。

她说：锜姐，怎么就没见你心里不合适过呢？按理我不是个没气量的人，可遇到事情还是慌，还是乱，还是没主张啊。

女人又笑了。她说：你又能看见我心里么？常食五谷，苦处各不同罢了。

谢瑛一垂头，说：也是。其实，你来了半年了，都没见你说过家里的事。我总觉得，你不像是做保姆的，哪里不像，又说不清爽。可你又做得那么好，比那些人可强多了。

女人说：布有千色，人有百种。哪有做什么都写在脸上的。再说了，干保姆也不丢份儿不是，都是凭力气和能耐吃饭的。

谢瑛就有些愧色，说：你看我说的糊涂话。

女人就乐了，说：你们读过书的人，总有些小糊涂，大聪明却是我们比不上。就好比走路，快慢不说，你们总是选对了路。我们每步走得结结实实，一回头，却弯到了十八里坡去了。

谢瑛也乐了，心里也熨帖了些。一抬头，却已经看到女人端了一个砂煲出来。她宁静得很，却是个闲不住的人。

盛出一碗来，是核桃芝麻莲子粥。这是给老头子喝的，女人弄来的中医食补方子。江一川这么多年，都是靠西医撑着，激素不知用了多少，占诺美林用量一直在提。想到这里，谢瑛又叹了口气。

女人舀了一勺，江一川张开了嘴，牙齿却紧合着。女人也张开了嘴巴，说：啊——

江一川嘴巴张开了，张得很大。一勺粥送进去，一些顺着嘴角流出来，女人却微笑着，又一次张大了嘴巴。

谢瑛看着这一幕，却觉出了自己对这女人的依赖，同时有一些感动：这女人，半年把全家人都变成孩子了。

这笑平添了她许多的气力。

四

陆望河远远就看见了女人的身影。

这个年纪的人，走路很少有这样挺拔的姿态。何况手里还拎着许多东西，显见是刚刚从附近的超市里出来。

他嘱咐司机将车慢慢开过去，将车窗摇下来。

女人已经看见车窗上熟悉的平安结，那是她亲手织的。不过还是不动声色，安静地往前走。

陆望河终于忍不住，轻轻叫一声：妈。

她这才回过头，应道：哎。眼睛含笑地看着陆望河。

陆望河打开门，下了车，从女人手里接过大袋小袋。

女人不依，挡了一下说：不要你送。前面就是7路车，走几步就到了。

陆望河抢过东西，搁在后备厢里，很绅士地打开车门，做了一个“请”的姿势。女人叹口气，随他上了车，嘴里说：送到社区门口就行了，嗯？

陆望河也夸张地叹一口气，说：遵命。

司机老郁开动了车子，一面笑道：陆家妈妈，你有我们陆总这个儿子，真正是福气……

陆望河却没有让他说完，接过话头去：妈，怎么跑了这么大老远来买东西？

女人掏出一张广告，说：星期三这里的“易初莲花”做活动，黑鱼比城北每斤便宜两块五，千层糕买二送一。还有，教授家的不粘锅坏掉了，终于给我找到这儿在做优惠。德国的牌子，打了五折呢。

陆望河就笑：妈妈，你都知道他们是教授家，还会在意这几个钱么？

女人就正色道：钱对谁都是一样。教授家的一块钱，也不能当五毛用。过生活都是细水长流的事，小来大去，还是马虎不得的。

陆望河就做了投降的样子，说：好好好，您老人家越来越像个哲学家了。

女人眉目就舒展开，说：油腔滑调。你怎么跑到这里来了？

陆望河便答：中午和一个客户吃饭。

女人沉吟了一下，说：望河，上次妈和你说的事怎么样了。过年回去，镇长可是问了又问的。镇长有恩于咱们家，要是能帮上的，我们做人可不能忘本。

陆望河就笑：你猜我今天见的客户是谁？

女人想一想：莫不是镇长？

陆望河哈哈乐了，说：要不说我母亲大人冰雪聪明。

女人说：合作的事有眉目了？

陆望河说：岂止有眉目。合同都已经签了。

女人就双手合十，说：这下好了，让南京人都能喝上咱六安的茶叶。

陆望河又笑，说：又不只是茶叶。妈，您记得我说过，年初时候收购了六合一家保健品厂，刚刚就为谈这件事。我们准备搞一个项目。您知道吗，茶里头有种稀罕的物质，叫茶多酚。这可是个好东西。抗衰老，降血压血糖，还能抑制癌细胞。

茶多酚。女人重复了一下，又皱一皱眉头，开个茶厂不是挺好。这东西，能好卖么？

陆望河说：您还别小看，前阵日本核泄漏，茶多酚类的食品，在市场上已经脱销了。因为这物质，还能抗辐射。有千叶大学的调研报告，可比盐什么的靠谱多了。

女人就有些脸红，想起自己也跟在别人后面抢买过几包盐。

今天和镇长一起，见了生化所的田教授，一起商量到时候合作开发一个系列产品，营养品、饮料，将来兴许还有化妆品。下半年项目上马，咱们六安的瓜片，就要派上大用场。妈，您可是功臣。田教授还带个研究助理来，比我年纪还轻，已经是个博士了。现在的女孩子，可真了不得。

女人听到这里，心里倒一动，问：望河，这女子人怎么样？

陆望河愣一下，笑说：妈，人家可是博士，看得上您儿子？

女人扁一扁嘴，说：我儿子怎么样，这么能耐，什么人配不上？

这时候，车开进了社区的大门，女人着急地请司机停下来。

陆望河就说：妈，怎么就不能开进去呢？

女人下了车来，又回转身，正遇上望河的眼睛。

三十多岁的人了，可还是孩子的脸，一派天真的样子。她亲昵地拧一拧儿子的耳朵。阳光底下，儿子贝壳一样的耳轮有些透明。她心里颤了一下，想起另一个男人，也有这样贝壳形状的耳轮。她阻止自己继续想下去，只是说：我儿子是有出息的人，知道有这么个儿子，谁家还敢安心请我做保姆。

陆望河笑一笑，说：妈，您可是答应过我的。

女人沉默一下，点点头：嗯，儿子，妈应承你，做完这一家，以后就不做了。

五

谢瑛看见女人从一辆奔驰车上下来，后面跟着一个穿西装的年轻人。

这年轻人脸孔的轮廓，让她觉得十分眼熟，却又想不起在哪里见过。

女人回身挡了一下年轻人，没再让他跟着。

奔驰车远远地开走了。

女人站定了，才拎起大包小包，走过来。

在楼道，见了谢瑛，女人愣一下，却说：瞧我，饭还没烧上呢。

两个人走到电梯口，谢瑛淡淡地问：锜姐，刚才那个小伙子是谁啊，和你挺亲热的。

女人沉默一下，微笑说：以前主人家的孩子，路上碰见拿的东西多，就捎带我一脚。孩子挺出息的，自己开公司了。

女人回到家里，又是马不停蹄地忙。饭烧上了，又紧赶着收衣服，浇花，拿晚报，收拾多多玩了一地的拼图。忙是忙，却丝毫没有乱的意思。你并不觉得她在你的视线里，一回头，事情已经妥妥帖帖地做好了。做好了，便又开始忙下一件事，没有闲下来的时候，安安静静地。

谢瑛想，作为一个保姆，这女人似乎太完美了。

这家里，因为有了这么个人，什么都不一样了。她给了这家里一种新的秩序。有些东西，只有她知道放在哪里。你动过，随手放在别的地方，她会不动声色地放回去。她赋予很多东西一种你所不熟悉的规矩。但你接受起来，却没有勉强，好像本来就是合理的。这合理，来自一种甘心情愿。

活干完了，她依然是端出一煲汤，盛出来，一口口地喂给江一川。这一回是天麻炖猪脑，隐隐有一股腥涩的味道，在空气中逸散开来。谢瑛闻着觉得有些作呕，却见江一川在鼓励下，一口口地吃下去，汤汁不再从嘴边流出来。他似乎很努力地咀嚼，像个想要证明自己的孩子。他依然没有声音，但谢瑛却感觉到，他的眼睛里出现了一种活气，使得他的整个面部都生动起来了。

晚上收拾完了。谢瑛在灯底下摇着扇子。说：筠姐，过两天，要请人来给空调加加雪种。今年，怕是又要热得不像话。南京什么都在变，“大火炉”的头衔倒没拿下来过。其实我是不好多吹空调的，吹多了就偏头痛。

女人听了，站起身来，嘴里说：差点忘了……

她回来的时候，怀里抱着两个圆滚滚的东西，递给谢瑛一个，另一个放在江一川的膝盖上。

谢瑛见这东西，模样十分奇特。用青竹篾编成的长笼，因为是中空的，留着许多孔洞。抱在手里，好像有凉气从网眼儿里渗透出来。

她便十分好奇，问是什么。

女人便说：这是“竹夫人”。在我们老家里，叫青奴，早就看不到了。今天在超市，却见有在卖。好大的广告高头，说什么“天然空调，环保家居必备”，我就买了两个。

谢瑛看上面还别着标签，便念出来：竹夫人，消夏良伴……竹夫人，竹夫人。念着念着，似有所悟，想起《红楼梦》里头宝钗出的一则灯谜，谜底正是这东西，就脱口而出：“梧桐叶落分离别，恩爱夫妻不到冬。”

她正得意自己的记忆，突然觉出句里意味的不舒畅，说：现在的这些生意人，什么都要复古，唯独人心不古，有什么用？就将这长笼搁到一边去。

一抬头，却见江一川眼睛紧合着，将这竹夫人实实地抱在怀里。

六

秋凉的时候，郑医生最后一次见到这女人。

女人静静坐着，对着面前一杯茶，看着杯中纷繁的白色花瓣，在滚水里膨胀、舒展开来，好像又盛放了一次。

女人便问：是院子里的大白菊吧？

郑医生袖着手，点一点头说：好东西，清肝明目，健脾和胃。

女人细细地吹，然后轻轻嘬一口，笑说：该早些喝，我这辈子，就是有些事情没看清爽。

女人拿出一沓纸，说：医生，您开给我的食疗方子，我抄了一遍，您帮我看看，可有错漏的？

纸上的字很工整细密，谈不上娟秀，笔画间的用力，甚至有些须眉气。

方子是分毫不差的，然而，却又在细节处加了很多的解释。比如，松子仁米粥，急火三分钟，文火半个小时。后面括号里注上，若是电热煲，二十分钟足够。米不要用泰糯，要用国产的珍珠糯。山药羊肉羹，首选东山黑皮羊，不至于太过油腻。要陈年的花雕，才会起羹。又有一道泥鳅炖豆腐，方子后面写下了一个手机号码，136××××××××，老王。问起来，原来是个卖水产的老板，大约只有他家的泥鳅最肥大新鲜。

郑医生铺开纸，为她写下最后一个方子，他知道她不会再来了。

七

女人坐在灯影底下，打开一个笔记本。

这红色的塑胶皮笔记本，已经很陈旧了，封面上是个洒金的“忠”字，也已经有些褪色。

打开了，里面有一张照片，上面是个穿着白衬衫的青年。青年的模样清俊，如炬的目光也没有因为岁月黯淡下来。

照片的背面，写着“广阔天地，大有可为”。她问过他，什么是“广阔天地”。他对她温柔地一笑，说在这里，社会主义中国的农村，就是他的广阔天地。他离不开这天地，就好像不会离开她。

她抚摸一下这张照片。这青年，有着贝壳一样的耳轮，在阳光底下，就是半透明的红色。她忆起在炽热的麦秸地里，她将自己融进他的身体。烈日的光线，穿透他的耳轮，几乎可以看见那错综的血管。

“广阔天地，大有可为。”

他离开这天地，是在三年后。那一年中央有了政策，知识青年有了返城的希望。她对他说，你走吧。你的广阔天地，不在这里。

恢复高考，乡里有十几个青年报了名，唯独他考上了。

他临走的时候，她给他一个布兜，让他放在贴身的口袋里，里面是新采的六安瓜片。茶用她的体温焙干了。她说：走吧。这茶喝完了，你就好忘记我了。

他哭着说，要回来接她。她一笑，说：好，我等着。

他并没有再回来，她知道的。

他走后半年，她早产，生下个儿子。这儿子瘦小，一对耳朵却大而厚，也有贝壳一样的耳轮。

她在人们的指指点点里，把这孩子养到两岁。她爹叹口气，说：嫁了吧。你得有个男人。两岁了，拖油瓶也拖累不到旁人了。

村里人就帮着张罗，嫁给了邻村姓陆的鳏夫。老鳏夫人不坏，忠厚，能劳能动，就是太喜欢做男女那点事，自己又不行，就气得打她。打急了，就又打她儿子，往死里打。她就举起把剪刀，说打她她能忍，再打这小子，她就跟他拼命。

五年后，老鳏夫中了风。人不行了，叫她到床跟前，说：我亏欠了你们娘儿俩。这小小子人精灵，攒下来的钱，留着供他读书。我只要一副薄棺材就够了。

她厚葬了男人，却记得他的话，要供这个孩子读书。她便生活得更辛苦些。

这孩子果然是出息的。书读得不费力，小学到中学，都是第一名，顺当当地考上县中。镇上办茶叶厂了，她便央了人，寻到了一个工作，只图离儿子近些，好照顾。

又过去了几年，儿子高考填了志愿，填了南京的大学。听到“南京”两个字，她心里一咯噔，然后问：儿子，能考上吗？

儿子点点头，她就没再说什么。

儿子果然考上了，她帮儿子整理行李。看着录取通知书上有一个镶了五角星的钟楼，她想起另一个人，跟她说过这幢钟楼，说这大学是他的理想。这是二十年前的事了。

她流泪的当口，镇长来了。镇长说：阿筠，咱镇上出了望河这个高考状元，我是给你道喜来啦。

她不说话。镇长知道了她的心思，就说，我在无为有个亲戚，现在在南京城里，开了一个家政公司，要不你去她那里吧。我给你写封信。只是，城里人娇贵，保姆的活儿，怕是要受点委屈啊。

她说：我做。

这一做，便是十年。

她第一次在报纸上看到“江一川”这个名字，人几乎要窒息。

她让自己平静下来，认认真真地看着报道上的每一个字。这个男人，现在是省里建筑设计院的院长，十一项发明专利的拥有者。报道上说，那新街口最高的楼，就是他设计的。这楼得了国外的大奖，楼顶的弧线，据说灵感来自一片茶叶。

报纸配了照片，没错，模样没怎么变，老了些，目光也有些懈了。但还是有股精气神儿，是他的。

这以后，她成了个留心看报的人。主人家都有些惊奇。因为她并不怠惰，但每天的报纸，都要一版一版细细地翻过。

她于是知道，男人是这城市里很知名的人物，享受国家级津贴的专家，省人大代表。

同时，他是一个好父亲和丈夫。电视里为他做过一次专访。她看到他的妻子和女儿。妻子温婉，气度不凡，是真正配得上他的。

她先是笑了，夜里却哭醒，醒来还是笑。

对他的关注，成了她心底隐秘的幸福，这让她上了瘾。

她从未想过要打扰他。

只有这么一次，望河大学毕业，要创业，没有启动资金，愁肠百转。她一瞬间想到了他。是的，这也是他的儿子。

但这念头又在一瞬间，就被她的愧意压制住了。她拿出所有的积蓄，对望河说：儿子，没有什么是过不去的，我们娘儿俩这一路，靠过谁？

儿子点点头，懂了她。

儿子出息，几年工夫，公司大了。

儿子无数次地不要她做下去，说她该过上好日子了。她急了，她说：你整天保姆保姆地挂在嘴边上。没有你做保姆的娘，谁供养你读书生活？

儿子委屈，看看她，却也没有再说话。

是的，她的性情，是没有这样好了。

他突然从她的生活里消失了，报纸上，电视里，都再没有。

彻底地消失了。

她算一下，他也该到了退休的年纪，退下来了，在这世界里也退下来了。

直到有一天，她在家政公司看见了谢瑛。这教授夫人的样子十分憔悴，已没有了神采。

旁边另一个保姆对她说：又来换。这女的挑得不得了，老公得了老年痴呆症，还挑肥拣瘦。换来换去，谁在她家里都做不长。

她心里一动。

她对望河说：儿子，我做完这一家，就再也不做了。

她终于出现在他的生活里。

这出现，晚了三十二年。

现在，却已接近了尾声。

透过门缝，她看得见他的剪影，依然坐在阳台的落地窗前，怀里抱着那个长长的竹笼。已经是深秋，他还是紧紧地抱着，一刻也不愿放下。

她擦一擦眼角，又翻了一遍这些年收集的报纸，然后码成一沓，放进行李包里。食疗的方子分成春夏秋冬四类，用回形针别好，压在台灯下面。

她还在犹豫，要不要让望河来接她。

八

这时候，谢瑛推了门进来。

谢瑛说：你走之前，总要见见若燕的新男朋友。她现在当你是半个妈。第一次上门，你得帮我好好参谋参谋，可别再看走了眼。

她脸上也就有了喜色，说：好。

半个小时后，门铃响了。

两个人忙不迭地迎出去。

若燕进来，后面闪出一个身影。

高大净朗。

女人的笑容在脸上凝固。

忽然听到背后一声响，就回过头去。

竹夫人在地上滚动着，滚到了她的脚边，停住了。

风球

葛亮 著

出 品 人：孙 毅
特邀策划：黄 琰
营销支持：侯庆恩

让 好 故 事 影 响 更 多 人